Claudia Hill

Die Zockermarionette

Mein herzlichster Dank,
an alle die mein Leben bereichert haben und in Zeiten der Not immer für mich da waren.

Bibliografische Information der Deutschen Nationalbibliothek:
Die Deutsche Nationalbibliothek verzeichnet diese Publikation in der Deutschen Nationalbibliografie, detaillierte bibliografische Daten sind im Internet über dnb.d-nb.de abrufbar.

TWENTYSIX – Der Self-Publishing – Verlag
Eine Kooperation zwischen der Verlagsgruppe Random House und BoD – Books on Demand

© 2018 Claudia Hill

Herstellung und Verlag:
BoD – Books on Demand, Norderstedt

ISBN: 9783740748302

Kapitel 1:   Was ist Pathologisches Spielen?

Kapitel 2:   Wie wird ein Mensch zum Zocker?

Kapitel 3:   Was sind die Beweggründe die Menschen zu Zockermarionetten werden lassen?

Kapitel 4:   Wie verhalten sich Zocker? Was geht in mir als Zocker vor? Was passiert da denn nun, wenn man vor diesen Geräten sitzt???

Kapitel 5:   Welche Menschen werden zu Zockern? Sind es nur Männer? Betrifft es eine bestimmte Sozialschicht? Spielt das Alter eine Rolle? Sind es nur die einsamen Menschen, die Alleinstehenden?

Kapitel 6:   Warum hört ein Zocker nicht einfach auf?

Kapitel 7:   Der „richtige" Weg aus dem Suchtverhalten!

Fachbegriff: *pathologische Spielsucht*
Ich habe alles verloren

Mein Auto, mein Schmuck, mein Geld. Aber nicht nur die materiellen Dinge, nein,
diese „Krankheit" hat mich auch mein Leben auf meiner Trauminsel gekostet.

Ja, ich bin seit 2007 pathologisch Spielsuchtkrank!

In diesen ganzen Jahren war ich einmal vier Monate, ja,
was war ich?

Geheilt? Frei? „*Trocken*"???

Wie auch immer es bezeichnet wird, Zocken ist ein grausames „Spiel"!

Nur vier Monate hatte ich es geschafft mich, ohne Hilfe, aus diesem Teufelskreis zu befreien,
dann bin ich wieder abgerutscht!

In diesen vier Monaten hatte ich es geschafft. Das Spielen fehlte mir auch gar nicht. Aber, es ist eine Suchkrankheit. Obwohl ich keinerlei Entzugserscheinungen hatte!!!

Zumindest hatte ich nichts in der Art bei mir feststellen können! Zugegeben, ich hatte ja noch nichts gelernt, worauf ich hätte achten müssen.

Sogar ein kleines Guthaben hatte ich wieder auf meinem Bankkonto, statt nur in den roten Zahlen zu jonglieren.

Kapitel 1

Was ist Pathologisches Spielen?

Quelle: https://de.wikipedia.org/wiki/Pathologisches_Spielen

Pathologisches Spielen oder zwanghaftes Spielen, umgangssprachlich auch als Spielsucht bezeichnet, wird durch die Unfähigkeit eines Betroffenen gekennzeichnet, dem Impuls zum Glücksspiel oder Wetten zu widerstehen, auch wenn dies gravierende Folgen im persönlichen, familiären oder beruflichen Umfeld nach sich zu ziehen droht oder diese schon nach sich gezogen hat. Männer sind davon häufiger betroffen als Frauen. In Deutschland gibt es zwischen 100.000 und 290.000 Betroffene.

Pathologisches Spielen wird in der ICD-10-Klassifikation (zusammen mit Trichotillomanie, Kleptomanie und Pyromanie aber ohne Wetten) unter die

Abnormen Gewohnheiten und Störungen der Impulskontrolle eingeordnet.

Nicht dazu gezählt wird das exzessive Spielen während manischer Episoden sowie bei der dissozialen Persönlichkeitsstörung, wo es als Symptom des Grundproblems betrachtet wird.

Im englischen Sprachbereich bzw. DSM-IV wird von „pathological" oder „compulsive gambling" bzw. oft auch „problem gambling" gesprochen. Aktuell wurde im DSM-5[1] eine Reklassifikation des Störungsbildes unter Verwendung des wertneutraleren Begriffes „Gambling Disorder" in die Kategorie „Substance-Related and Addictive Disorders" vorgenommen. Dieser Schritt stellt einen Paradigmenwechsel dar, da Stoffgebundene und Stoffungebundene Suchterkrankungen nunmehr nosologisch gleichberechtigt nebeneinander stehen. Verschiedene Hinweise wie Übereinstimmungen in der Symptomatik, hohe Komorbiditätsraten in epidemiologischen und klinischen Studien, gemeinsame genetische Vulnerabilitäten, ähnliche biologische Marker und kognitive Beeinträchtigungen sowie in großen Teilen überlappende therapeutische settings sprechen dafür, dass das pathologische Spielverhalten den Suchtkrankheiten zuzuordnen ist.

Ganz ehrlich, Zocker sind bedauernswert, denn sie können sich nicht, ohne Hilfe, davon befreien, bzw. die Kontrolle über ihr Leben wieder erlangen.

Wie in diesem obigen Bericht geschrieben steht.

Es ist die Unfähigkeit zu widerstehen, und
der absolute Kontrollverlust.

Die offizielle, deutsche, Bezeichnung dieser speziellen Suchtkrankheit wird als;
Pathologisches Spielen bezeichnet.

Im englischen Sprachgebrauch ist diese Krankheit nicht mit dem *verharmlosten* Begriff Spiel (play/ playing) assoziiert. Ja, für die, die der englischen Sprache mächtig sind, es wird schon gesagt: play a game (Spiel ein Spiel). Aber game hat nichts mit gambling zu tun!!!

Hier wird ganz klar eine Trennung zwischen Spiel = play, game, und Zocken = Gambling, gamble gesetzt. Es wird nicht nur anders geschrieben, es wird auch anders ausgesprochen, sodass ein Vergleich, bzw. Bezug, nicht unwillkürlich besteht.

Ich mag den Vergleich dieser Krankheit mit „Spielen" nicht!

Spielen ist etwas was wir schon von Kleinkind an üben, um uns für das Leben in der Gesellschaft, für das Arbeitsleben und Familienleben vorzubereiten.
Aus diesem Grund nenne ich diese Krankheit

„Zockerkrankheit"!

Ich habe entschieden,
dass es keine „*Spiel*sucht" ist,
sondern eine Zockersucht.

Denn, was wir Zocker hier machen ist alles andere als ein Spiel!

Wir sind gefangen in einer grausamen, unbarmherzigen Welt, aus der es, anscheinend,
keinen Ausweg gibt.

Kann einem Zocker geholfen werden?

Ja, aber erst wenn ein Zocker, bzw. suchtkranker Mensch, sich seiner Krankheit bewusst wird und auch wirklich aus dem Sog dieser Sucht aussteigen will, hat er eine Chance wieder „Herr" bzw. „Frau" über sich selbst, oder besser gesagt, über diese Krankheit zu werden und die Kontrolle über sein Handeln wieder zurück zu gewinnen.

Ja, es ist dann tatsächlich ein Gewinn!

Ein Gewinn an Leben, Lebensqualität, Selbstachtung und Freude!

Kapitel 2

Wie wird ein Mensch zum Zocker?

Jeder „Spieler" *kann* früher oder später zur „Zockermarionette" werden.

Ohne Sinn und Verstand.

Die Menschen mutieren zu Zockern und Zocker werden vor den Automaten zu
Zombies, zu Marionetten, ohne selbstständiges Leben in sich.

Völlig geistesabwesend gegenüber Zeit, Raum und Verantwortung.

Absolut realitätsfremd und fernab von der Welt in der wir Leben.

Und dies alles, ohne betäubt zu sein, bei vollem Bewusstsein, ohne äußeren Zwang.

Sind in diesen Computerspielen ähnliche subtile Bilder versteckt, so, wie es in der Werbung schon gemacht wurde? Aus der Werbung wissen wir ja schon, dass uns Bilder immer wieder ins Unterbewusstsein eingebläut werden.

Um unsere Begierden zu steigern und unser Kaufverhalten zu manipulieren, ohne dass wir dieses bewusst Wahrnehmen. Innerhalb von Bruchteilen von Sekunden werden uns diese Bilder in das Unterbewusstsein eingebläut.

Das schlimmste, was einem Menschen passieren kann, ist dass er seinen Bus oder den Zug verpasst hat und, um die Zeit totzuschlagen, in eine Spielothek geht. Wenn er Pech hat, wirft er zwei Euro in einen Automaten und gewinnt vier- oder fünfhundert Euro.

Warum das Pech ist?????

Ganz einfach, Mensch ist Mensch und deshalb wird dieser Mensch, mit sehr hoher Wahrscheinlichkeit, wieder in eine Spielothek gehen und versuchen dieses „Glück" zu wiederholen.

Andere Menschen haben vielleicht einfach Langeweile und suchen in einer Spielhalle einfach einmal Abwechslung oder, die Möglichkeit von Problemen abgelenkt zu werden. Was, kurzfristig auch wunderbar zu gelingen scheint. Oder, wie in meinem Fall, eine Zigarette zu rauchen.

Dies ist dann meistens auch schon ein Einstieg in die Zockerkrankheit.

Eine Suchtkrankheit schleicht sich langsam ein. Zu Anfang behält der Mensch noch die Kontrolle über sein Handeln, aber nach einer gewissen Zeit verlor ich mehr und mehr die Kontrolle über die Zeit die ich in die Sucht investierte, und über dass Ausmaß, welches die Sucht übernimmt.

Der Kontrollverlust ist der Punkt, an dem der Mensch sich nicht mehr von dem Suchtmittel abwenden kann. In meinem Fall ist der Kontrollverlust relativ schnell eingetreten. Es dauerte nicht allzu lange bis ich alle Gelder verzockt hatte, dann den Schmuck verkaufte, um Geld zum Zocken zur Verfügung zu haben, dann das Auto!
Bald schon lebte ich nur noch von der Hand in den Mund und in ständiger Sorge, wie ich die nächsten Rechnungen bezahlen kann und Geld zum Zocken abzwacken könnte.

Wie ich persönlich zur Zockermarionette wurde will ich hier erzählen.

Meine Zockersucht

Was das Zero Spiel beim Roulette ist, wusste ich von meiner Mutter. In ihrer Begleitung war ich zum 1. Mal in einem Casino und von ihr bekam ich die Informationen zu dem Zero Spiel.

Ich war in den vergangenen Jahren gerne zwischendurch in ein Casino gegangen. Ein staatliches Casino, dort herrschte damals noch ein gewisses Flair. Die Menschen machten sich richtig fein für einen Abend im Casino. Die Damen in Abendgarderobe, gut geschminkt und mit einer tollen Frisur. Es war immer ein besonderes Ereignis für mich. Mich mit Menschen zu umgeben, die, so dachte ich zumindest immer, viel Geld hatten, Menschen die sehr gute Manieren und höfliches Verhalten an den Tag legten. Hier, in diesen Casinos wird nicht mit 0,10 Cent Einsatz gespielt, sondern mit sehr hohen Einsätzen auf den Rouletttischen. Da ging es meistens um sehr viel Geld, nicht nur um einige Hundert Euro. Spiele für 0,10 Cent kannte ich nicht einmal.

Es lief immer und ich meine *immer*, für mich so ab, dass ich mir 50 oder 100 Euro als Budget erlaubte. Ich wechselte diese 100 Euro in Jetons ein und ging an den Rouletttisch. Mein Spiel war immer nur das Zerospiel.
Mit anderen Roulettspielen kannte ich mich nicht aus, also kam für mich auch nur das Zerospiel in Frage. Hier konnte ich mit fünf

Jetons Einsatz sieben Zahlen abdecken. Nur die Zahl 26 bekommt einen ganzen Jeton, die anderen sechs Zahlen werden je zur Hälfte eines Jetons belegt. Entsprechend, ist bei einem „Gewinn", dann auch die Aufteilung.

Wenn ich gewann, steckte ich die Fünfziger Jetons in ein anderes Fach meiner Handtasche und spielte mit den kleinen Jetons weiter. Waren die kleinen Jetons aufgebraucht, ging ich zur Kasse, wechselte die Fünfziger Jetons ein und verließ das Casino. Hatte ich die kleinen Jetons verspielt und keine Jetons im anderen Fach der Handtasche, ging ich trotzdem nach Hause. Nicht ein einziges Mal hatte ich das Bedürfnis mehr Geld einzuwechseln. Sobald mein Budget (Einsatz und/oder kleine Jetons) verloren waren, ging ich einfach. Mich dort weiter aufzuhalten und anderen dabei zu zusehen, wie sie ihr Geld verspielten oder gewannen, war für mich nie von Interesse.

Wie ich durch meine Recherche im Internet feststellte, bin ich bei dem Roulettspiel ein so genannter Kesselgucker. Ich stehe in der Nähe des Kessels und beobachte wie der Croupier die Kugel in den Kessel dreht. Nach einigen Drehungen, erahne ich dann in etwa, ob die Kugel in die Nähe des Zerospiels fallen wird und ob meine Chancen eher gut sein könnten. Entsprechend setzte ich, nachdem die Kugel rollt, kurz vor dem „Rien ne va plus" Ich hatte instinktiv dieses Verhalten angewandt. Da bei diesem Spielverhalten die

Chancen auf Gewinn doch schon relativ gut sind, wird von den Casinos bei Kesselguckern dann auch gleich eine Gegenmaßnahme angebracht. Der Croupier wartet auf die Einsätze der Spieler und verkündet dann recht Zeitnah das Rien ne va plus mit dem Einrollen der Kugel in den Kessel. So soll dem Kesselgucker dann die Chance auf „Erahnen" des eventuellen Ziels der Kugel genommen werden. Manchmal hatte ich doch Glück und konnte drei bis viermal an einem Abend einen Gewinn einstreichen.

Nun kann ich auch verstehen, warum ich beim Zerospiel nur ab und zu Glück hatte. Aber, meine Taktik und mein Spürsinn wurden ganz gezielt von den Casinobetreibern manipuliert. Deswegen brauchte ich mich auch nie stundenlang in einem Casino aufhalten. Jetzt verstehe ich auch, warum ich bei diesem Spiel nicht Suchtkrank wurde. Es hatte einfach nicht diesen Zwang in mir ausgelöst, es weiter zu versuchen. Wenn ich bei einem „Handwechsel" der Croupiers nicht Einschätzen konnte, wie dieser neue Croupier rollt, war mein Interesse weg und ich ging vielleicht noch an einen anderen Tisch oder gleich aus dem Casino raus. Hatte ich keine Gewinne, also gar keine Jetons mehr ging ich auch, sofort, ich hielt mich nicht weiter im Casino auf.

Was mir auch erst vor ein paar Wochen ganz bewusst wurde; warum ich beim Roulette nicht Suchtkrank wurde; ist die Tatsache, dass ich an diesen Tischen mit anderen Menschen Blickkontakt herstellen musste. Ich musste andere Menschen ansehen, in die

Augen schauen. Das ist vor den Automaten nicht der Fall. Am Roulette Tisch bin ich nicht anonym!

Bis das Rauchverbot für Casinos in Kraft trat.

An diesem Abend, auf Teneriffa, war ich mit meinem Budget auch ins Casino gegangen.

2005 war ich nach Teneriffa ausgewandert, um mir mein Leben auf Teneriffa, meiner Trauminsel, zu gestalten. Von dort wollte ich nie wieder weg! Teneriffa ist meine Wahlheimat. Nie im Leben konnte ich verstehen was Menschen fühlen, wenn sie von „Heimweh" sprachen. Heute weiß was Heimweh bedeutet.

Also, zum Rauchen ging ich nun, wegen des Rauchverbots, in den Spielautomatenbereich des Casinos, dort durfte nach wie vor geraucht werden, und ich konnte von hier aus auch weiter die Anzeigen der Tische beobachten, an denen der Verlauf der Zahlen angezeigt wird. Als ich dort meine Zigarette rauchte, hörte ich, wie an den verschiedenen Automaten hinter mir viel Geld aus den Automaten fiel und sah, dass die Spieler durchaus viel Geld gewannen.

Wow, ich hatte keine Ahnung, dass an diesen Automaten so viel Geld gewonnen werden konnte.

An einem dieser Automaten war gerade ein Jackpot gewonnen worden. Es waren mehrere zig Tausend Euro. Eine Flasche Sekt wurde für den Gewinner von den Angestellten geholt und jeder im Raum bekam ein Sektglas in die Hand gedrückt. Es war schon faszinierend dieses Schauspiel mit zu erleben. Es wurde gratuliert und jubiliert und alle Menschen in diesem Raum waren begeistert. So viel Geld aus einem Automaten! Wow!

Für mich eine fatale Erkenntnis.

Kapitel 3

Was sind die Beweggründe die Menschen zu Zockermarionetten werden lassen?

Die Auslöser dieser Krankheit?
Bei mir war es, na, nennen wir das Kind beim Namen;

Depressionen!

Ich hatte, wieder einmal, ein Beziehungs- Ende hinter mir und war allgemein vom Leben enttäuscht.

Ja, ich hatte ein Leben auf meiner Trauminsel, aber meine Selbstständigkeit als Kosmetikerin musste ich schon nach 6 Monaten aufgeben, die Einnahmen hatten nicht die Ausgaben gedeckt und meine kleine finanzielle Reserve, mit der ich nach Teneriffa ausgewandert war, wurde schnell weniger. Der Arbeitsmarkt auf Teneriffa ist eigentlich nicht schlecht gewesen und ich konnte mir immer wieder Jobs an Land ziehen, mit denen ich mich über Wasser halten konnte. Spanisch lernen war mir sehr schwer gefallen, es wird ja auch, dort im Urlaubsgebiet, hauptsächlich Englisch gesprochen. Also hatte ich Jobs im englischen Sprachgebrauch, was auch kein Problem für mich ist, da meine 2. Muttersprache englisch ist. Das Leben war nicht perfekt, aber es war besser als in Deutschland zu leben. Mein größter Fehler war, wahrscheinlich, dass ich mich überhaupt wieder auf Beziehungen, Liebe, Gefühle und den ganzen Quatsch eingelassen hatte.

7 Jahre lang war ich ohne Beziehungen meinen Weg gegangen, und es war gut. Ich war unabhängig, hatte, mehr oder weniger, gutes Geld verdient. 3 Jahre lang sehr gutes Geld verdient, zwar nicht bei dem besten Job, aber Arbeit ist Arbeit, und das konnte ich für mich sehr gut trennen.

Zur Erklärung meiner 2. Muttersprache; ich hatte mit 17 einen englischen Soldaten geheiratet, ein Kind bekommen und wir hatten, in den 16 Jahren in denen wir verheiratet waren, nur englisch zu Hause gesprochen. Somit ist englisch meine 2. Muttersprache geworden.

Aber zurück zu diesem verhängnisvollen Tag. Da ich, ausgerechnet zu dieser Zeit, wahnsinnig depressiv war und mit niemandem Reden wollte, ging ich am nächsten Tag wieder in das Casino und setzte mich vor einen dieser Automaten. Zu Anfang kannte ich weder die Spiele die auf diesen Geräten sind, noch wie diese Geräte, bzw. Knöpfe an diesen Geräten bedient wurden. Ich hatte also eine Eingewöhnungsphase. In dieser Zeit hatte ich auch nur ein oder zwei Spiele gespielt, bei denen der Einsatz auch mit 0,01 Cent möglich war. So hielten sich die Verluste zu Anfang auch noch im relativ geringen Umfang. Was natürlich auch schon gleich von Anfang an im Vordergrund stand, und mir auch schnell bewusst wurde, war die Zeit die vor den Automaten verstrich.

So vergingen Tage, Wochen und Monate und während dieser Zeit vor den Automaten brauchte ich nicht über mein Selbstmitleid nachdenken. Ich brauchte plötzlich gar keinen Menschen mehr.

Ich brauchte mich vor diesen Automaten nicht mit meinen Problemen befassen. Das war genau dass, was ich brauchte! Ich konnte in dieser Zeit vor dem Automaten, alles vergessen!

Alles!!!

Die Zeit, die Welt, die Probleme! Einfach alles! Ich gewann ein bisschen, ich verlor ein bisschen mehr. Die Zeit verging, die Probleme änderten sich. Das Verlieren überwog schnell die Gewinne. Was macht ein Mensch wenn er etwas verloren hat? Er versucht die Verluste zurück zu bekommen. Und schon war ich Zockerkrank. Jede Minute, sofern ich Geld in der Tasche hatte, verbrachte ich im Casino vor den Spielautomaten. Und, ich konnte fast zu jeder Tages- und Nachtzeit dorthin, ohne mich besonders zu Recht zu machen.

Meine Isolation wurde immer ausgeprägter, ich wollte gar nicht mehr mit anderen Menschen reden, ich hatte keine Zeit mehr für andere Menschen. Es ging nur noch darum, sich vor die Automaten zu setzen und *„mein"* Geld zurück zu gewinnen. Ich hatte längst die Kontrolle über mich verloren.

Es dauerte nicht sehr lange und ich hatte meine ganzen Reserven an Geld verzockt. Dann habe ich meinen Schmuck verkauft und zum Schluss mein Auto. Ich war mir sehr wohl bewusst dass ich ein riesiges Problem hatte. Aber es war zu spät! Ich konnte es einfach nicht mehr lassen, zu den Automaten, zu rennen.

Es entwickelte sich ein Gefühl in einem Käfig gefangen zu sein, in dem alle Wände gleichmäßig auf mich zu kommen, mir die Luft zum Atmen nehmen!

Die Angst, jeden Tag, solange ich nicht vor dem Automaten saß, ob ich die nächste Miete bezahlen kann! Schaffe ich es nicht mich von den Automaten fern zu halten? Habe ich wirklich so wenig Rückrat? Ich muss es doch auch einfach lassen können! Ich will doch gar nicht mein ganzes Geld in den Automaten schmeißen!

Die Gefühle und Selbstvorwürfe nicht mehr Herr bzw. Frau über mein Handeln zu sein sind Herzzerreißend, tragisch und unfassbar. Es ist doch reiner Masochismus, was ich hier mache! Genauso gut könnte ich mir meine glühenden Zigaretten am ganzen Körper ausdrücken. Der Effekt wäre doch sicherlich vergleichbar. Während der kurzen Zeit der Schmerzen muss ich dann ja auch nicht über mein Leben nachdenken. Es ist Masochismus!

Ja, ich weiß es, und kann trotzdem nicht davon ablassen. Obwohl ich nicht an die Automaten will, tue ich es trotzdem.

Warum nur? Warum? Der Grund warum ich mich überhaupt erst vor einen Automaten gesetzt hatte, war doch längst nicht mehr der Selbe. Oder doch? Ja, ich denke der Grund war immer der Selbe, nur die Probleme hatten sich verlagert.

Nein, ich wollte nicht mehr! Bitte, lass mich doch wieder aus diesen Fesseln frei! Bitte! Ich bin doch eine selbstbewusste Frau, die ihre Eigenen Entscheidungen trifft! Das kann doch nicht sein, dass ich hier keine Willenskraft mehr habe!

Aber, vor den Automaten waren alle Gedanken, Ängste und Sorgen wie weggeblasen! Für den Zeitraum, solange ich Geld in den Automaten einwerfen konnte, war meine Scheinwelt in Ordnung.

Doch, weil ich aus diesem Teufelskreis ausbrechen wollte hatte ich einen deutschsprachigen Therapeuten auf Teneriffa angerufen und ihm am Telefon gesagt, dass ich Spielsüchtig bin und Hilfe suchte.

Ja, sagte er, er könne mir helfen. Dann fragte ich ihn nach seinem Honorar und er sagte er bekommt 30 Euro die Stunde. Phuuu, 30 Euro! Als er merkte das ich stockte, sagte er: „ Wenn Sie 30 Euro in einen Automaten stecken können, können Sie sich auch 30 Euro für mich Leisten. „

Hmmm, ich war wohl doch noch nicht so weit! Ich bedankte mich bei Ihm für das Gespräch, hing den Hörer ein, und steuerte gleich zum Casino, um diese 30 Euro doch lieber in den Automaten zu stecken.

Im Internet hatte ich dann auch nach Hilfe bei Spielsucht gegoogelt, aber auch hier war ich nicht auf passende Hinweise gestoßen.

Also war ich hoffnungslos verloren.

Ich lebte nur noch von der Hand in den Mund, lebte und arbeitete nur noch dafür, genug Geld zu verdienen, um wieder damit ins Casino zu rennen. Noch konnte ich mit Mühe und Not meine Miete bezahlen und überleben, aber mir war klar, das geht nicht mehr lange gut. Die Depressionen wurden schlimmer. Ohne Aussicht auf eine Veränderung, in meinem jetzigen Leben, war ich massiv Suizid gefährdet. Meine größte Sorge galt meinen Katzen. Zwischenzeitlich hatte ich schon wieder 3 von den Halunken. Tiere finden irgendwie immer mich! Baby, ein kleiner Tiger, fand ich einen Abend an einer Hotelanlage auf dem Nachhauseweg vom Casino. Tief betrübt und traurig über die Verluste, kam mir dieser kleine Seelsorger gerade recht. Er war so winzig, dass ich mich dann nicht mehr von ihm trennen konnte. Ein Jahr später bemerkte ich dann eine bunte Katze, die auf der Dachterrasse des Nachbarhauses immer an der Kante des Daches saß, und zu den Fenstern darunter hinunter schrie. In der 4. Etage. Vor meinem geistigen Auge sah ich immer die Katze vom Rand des Daches stürzen. Nein, das konnte ich nicht mit ansehen! Ich rief den Nachbarn an und sagte; „Du, deine Katze jammert immer, sie möchte rein!" Er sagte mir: „Ach, meine Frau ist gestorben, es waren Ihre Katzen und die Kinder wollen die Katzen nicht, die wollen jetzt einen Hund!" Na klasse! Und die armen Katzen? Es waren wohl 4 insgesamt. Nun, ich konnte nicht alle 4 Katzen zu mir nehmen, aber ich konnte auch nicht zusehen und abwarten, ob diese bunte Katze doch irgendwann einmal von dem Dach abstürzt.

Also rief ich den Nachbarn noch einmal an und sagte ihm, das geht so nicht! Die Katze kann da nicht auf dem Dach bleiben!
Er sagte dann; „Dann nimm du Serafina doch!" „Ok, ich komme rüber!" So bin ich zu Katze Nummer 2 gekommen. Eine sehr schöne bunte Katze, und ihrem Charakter gerecht, ein kleines Biest! Aber, liebenswert! Wieder 2 Jahre später, nachdem ich schon mit diesen beiden Halunken umgezogen war, in ein kleineres Apartment, günstiger in der Miete, gesellte sich dann auch bald Nummer 3 zu uns. Eine hübsche schwarze Katze. Sie gehörte einer Nachbarin, Russin. Sie hatte mehrere Yorkshire Terrier und Katzen.

Sissi war noch recht jung als sie ständig auf meiner Terrasse und mit Baby und Serafina spielte. Maria, kam dann einen Tag zu mir und sagte sie sei auch gerade beim Umzug und wollte die Katze später holen, wenn sie mit dem Umzug fertig sei.

Als ich dann bemerkte, dass die kleine Katze rollig wurde, ich Maria aber nicht erreichen konnte, entschied ich mich die Kleine zur Kastration zu geben. Vom Internationalen Tierschutz kommen 2 Mal im Jahr Tierärzte aus verschiedenen Ländern nach Teneriffa, um Streuner zu kastrieren. Hier hatte ich dann einen Termin für die kleine Katze vereinbart. Als die Frau kam um die Katze abzuholen, fragte sie mich, ob ich wollte dass die Katze die übliche Streunermarkierung bekommt. So werden Katzen mit einem kleinen Schnitt am Ohr markiert, damit diese nicht nochmals eingefangen und zur Kastration aufgeschnitten werden. Und sie fragte mich nach dem Namen der Katze. Hmmmm, nun ist sie eh meine Katze, dann kann sie auch einen Namen bekommen! Sissi habe ich sie dann genannt, da sie nun offiziell zur Familie gehörte. Also, Katze Nummer 3!

Nur einmal hatte ich mir, vor vielen Jahren einmal, ganz bewusst und gezielt einen Hund zugelegt.

Ich konnte meine Katzen nun nicht einfach, irgendeinem Schicksal überlassen, und mich aus dem Leben schleichen. Erst mussten die

Katzen versorgt sein. In den Internetforen hatte ich dann versucht für die Katzen ein neues Zuhause zu finden und hatte mir in Gedanken auch schon meinen Abschied aus dem Leben zu Recht gelegt. Wenn die Katzen untergebracht sind, dann würde ich in der Wohnung alles ordentlich hinterlassen, mir ausreichend Schlaftabletten mitnehmen und irgendwo in der Wildnis von Teneriffa ein hübschen Plätzchen zum einschlafen suchen. Das war mein Plan.

Offensichtlich ist es anders gekommen.

Meine Freundin auf Teneriffa hatte wohl meine Absichten erkannt und sagte dann einen Tag beim spazieren zu mir: „ Du kannst doch zurück nach Deutschland gehen! Das soziale Netzwerk fängt dich auf, du kannst dir Hilfe suchen und noch einmal von Vorne anfangen!"

Diese Worte von meiner Freundin hingen in meinem Kopf fest und ließen mich nicht wieder los.

Ja, das war eine Alternative.

Die Suche nach einem neuen Zuhause für die Katzen im Forum bot mir dann auch noch einmal eine Neue Erfahrung in meinem Leben, auf die ich mit Sicherheit, im Nachhinein, auch gerne verzichtet hätte.

Es meldete sich ein Herr ältern Semesters, der Fragte warum ich mich von meinen geliebten Katzen trennen wollte. Ich sagte, dass ich mir das Leben auf Teneriffa nicht mehr leisten könnte, und zurück nach Deutschland gehen müsste. Ein Österreicher. Es ergab sich eine Flut von E-Mails. Um diesen Wahnsinn kurz zu fassen; Er bot mir an, mich und meine Katzen bei sich aufzunehmen, als Gegenleistung würde er lediglich ein wenig Haushaltshilfe und Chauffeurdienste von mir verlangen. Für den Unterhalt würde er aufkommen und mir ein monatliches Taschengeld für meine Dienste bezahlen. So könnte ich auf meiner Trauminsel, gemeinsam mit meinen geliebten Katzen, bleiben.

Zu schön um Wahr zu sein, nicht wahr!

Ja, ich war auch sehr skeptisch und hatte es nicht geglaubt! Aber dieser alte Mann, 72, versicherte mir, dass er einfach eine soziale Ader hat, und sich immer wieder gerne um Menschen kümmert, die es seiner Meinung nach Wert waren geholfen zu werden. Ich wäre nicht der 1. Mensch dem er hilft und ich wäre sicherlich auch nicht der Letzte. Er erzählte mir von anderen „Projekten" in denen er Menschen aus Notlagen geholfen hatte und stellte mir auch gleich 2 seiner „ Freundinnen" vor, denen er auf Teneriffa auch schon tatkräftig geholfen hatte. Er schickte mir sogar per E-Mail eine Übersicht seiner finanziellen Angelegenheiten, sodass ich mir selber ein Bild machen sollte, dass er sich solche „Projekte „ auch leisten konnte.

Ich lud ihn ein mit seiner „ Freundin" zu mir zu kommen, ein wenig Essen und Kaffee trinken und sich persönlich kennen zu lernen. So war es dann auch. Die Beiden erschienen und ich war sehr überrascht seine „Freundin" als, hmmmm, „Gossenschlampe" ist dass Wort das mir spontan einfällt, kennen zu lernen. Er hatte sich in seinen E-Mails eher etwas intellektueller dargestellt. Aber nun gut, sie gehörte ja nun auch zu einem seiner „Projekte"! Und wie sich später dann ja auch noch, leider für mich, herausstellen sollte, ist der Begriff „ Gossenschlampe" eigentlich noch viel zu harmlos um dieses Wesen zu beschreiben. Angeblich studierte Psychologin! Ha!!!!

Nun gut, ich hatte mich an einen Strohalm geklammert und letztendlich sein Angebot angenommen! Alle mein Sache eingepackt, einen ehemaligen Arbeitskollegen gebeten mir bei diesem Umzug in den Norden der Insel behilflich zu sein und zog mit meinen Katzen zu diesem alten Mann. Er überließ den Katzen und mir, nach einer kleinen Diskussion, dass größere Schlafzimmer, hier konnte ich mich einrichten und es mir so gemütlich wie möglich machen. Mein kleines Reich! In den Ersten Wochen war auch alles gut. Ich bin ein dankbarer Mensch und fand seine Fürsorge zu Anfang rührend. Bald fiel mir auf, dass er heimlicher Trinker war und wenn ich mich in mein Zimmer zurückgezogen hatte, hört ich wie er, in seinem Rausch, immer heftiger Selbstgespräche führte. Wo ich zu Anfang noch meine Zimmertür leicht angelehnt hatte, um den Katzen den Rest des Hauses offen zu halten, schlich ich dann doch zur Tür, stellte sicher dass alle 3 Katzen bei mir im Zimmer waren, schloss die Tür und drehte leise den Schlüssel im Schloss! Und es stellte sich heraus, dass ich genau den richtigen Zeitpunkt erwischt hatte. Später sah ich wie sich meine Türklinke nach unten bewegte und ein Gezeter vor meiner Tür ablief. Er hatte, ganz zarte, Versuche gestartet mir körperlich näher zu kommen und ich bekam es nun doch mit der Angst zu tun, worauf hatte ich mich hier nur eingelassen? War doch Klar! Das Ganze musste ja einen Haken haben! Männer bleiben halt Männer! Immer nur Sex im Sinn! Egal wie alt! Nein, dieses hier entpuppte sich zur Nächsten Hölle! Er schimpfte in seinem Suff nachts vor sich hin und ich bekam es immer mehr mit der Angst zu tun.

Eine sehr unschöne Geschichte entwickelte sich, in der ich, wieder einmal, von Menschen, besonders Männern, und dem Leben enttäuscht war. Eine hässliche Geschichte, aus der ich letztendlich vor verschlossenen Türen stand, die Polizei rief und diese eine gütliche Einigung für die folgende Nacht mit diesem Ekel aushandelte, sodass ich die Nacht bei meinen Katzen sein konnte und am nächsten Tag ausziehen würde. Es war fürchterlich! Er hatte seine „Freundinnen" eingeladen und die Drei tranken eine Menge Alkohol und schimpften laut über mich. Ich verriegelte meine Tür und fing an zu Packen. Meinen Bekannten rief ich am späten Abend noch an, der mir schon beim Einzug geholfen hatte und er sagte mir, dass er schon 2 Flaschen Bier getrunken hätte und so nicht mehr an diesem Abend kommen könnte! Aber, ja, er würde am nächsten Tag mit dem Transit kommen und alles wieder einpacken. Mein Handy klingelte, ein paar Stunden nachdem die Polizei abgerückt war. Es war eine Frau von einer Frauenhilfsorganisation bei häuslicher Gewalt in Spanien. Sie fragte mich, ob alles ok wäre, ob ich die Nacht dort klar kommen würde und ob ich Hilfe bräuchte. Ich freue mich dass es in Spanien so etwas gibt, ich denke nicht, dass in Deutschland Frauen eine solche Unterstützung, nach häuslicher Gewalt, erhalten!? Nein, ich hatte jetzt erst einmal alles geregelt für den Auszug am nächsten Tag, und würde einfach das Zimmer bis morgen früh nicht mehr verlassen.

Mein Glück war, wenn ich hier in diesem Zusammenhang überhaupt von Glück sprechen kann, dass ich am Tag zuvor im Süden war, mir ein Apartment angemietet hatte, den Schlüssel schon in der Tasche hatte und wieder in einen Job einsteigen konnte, mein alter, neuer Chef, mir wieder sein altes Auto vermietet hat und somit einer Flucht aus der Hölle im Norden nichts mehr im Weg stand. Alles hatte irgendwie dann noch gepasst!

Die ganze Nacht hatte ich voller Angst meine Sachen zusammen gepackt. Am nächsten Morgen waren die Schnapsleichen im Wohnzimmer auf den Sofas. Als ich anfing meine Sachen nach unten zu bringen, wurde ich unter ganz miesen Beschimpfungen begrüßt! Ich sollte zusehen, dass ich fertig werde und meine Sachen sollte ich gefälligst an den Weg stellen, das Gründstück dürfte niemand betreten. Zur Schikane musste ich dann auch noch alles Eingepackte vorzeigen, damit ich ja nichts eingepackt hatte, was mir nicht gehörte.

Ich hatte mir lediglich seine Annäherungsversuche nicht gefallen lassen und wurde jetzt wie eine räudige Hündin hier gehetzt.

Es war einfach nur grausam. Seine „Freundin", die Gossenschlampe" kam nach oben in mein Zimmer und spiele sich auf, ich sollte schneller machen und zusehen, dass ich endlich aus dem Haus kam. Als wäre dies nicht genug, spuckte mir dieses widerliche Wesen ins Gesicht! Mir war übel! Warum werde ich so vom Leben behandelt???? Ich bin kein schlechter Mensch!!! Warum nur???? Ich rief wieder die Polizei zu Hilfe. In der Zwischenzeit war mein Bekannter mit dem Transit längst eingetroffen und packte, was ich an den Weg gestellt hatte, ein.

Als ich ihm sagte, dass ich die Polizei angerufen hatte, hatte er schnell den Rest der Dinge eingepackt und ist schon losgefahren!

Er wollte da nicht bei sein wenn die Polizei eintraf. Ich war auch mit allem soweit fertig, hatte Serafina und Baby schon im Auto, und suchte noch Sissi! Dieser böse Mann hatte mir vorgeschlagen er wollte Sissi behalten, sie sei eine so schöne Katze! Nein, ich würde ihm keine meiner Tiere zurücklassen! Niemals! Verzweifelt suchte ich Sissi, Tränen liefen mir das Gesicht hinunter, ich konnte nicht pfeifen, so wie ich es immer tat, wenn ich die Katzen zu mir rief. Die Polizei erschien und ich versuchte in meinem schlechten spanisch die Situation zu erklären. Dass ich hier von diesen Menschen verbal Angegriffen wurde und mir diese „Frau" ins Gesicht gespuckt hatte, es war schrecklich! Die „Gossenschlampe" sprach etwas besser spanisch und sagten den Polizisten, ich hätte sie nur gerufen, weil ich gerne die hübschen, jungen, Männer sehen wollte. Es war einfach nur grausam. Meine Angst war, dass Sissi irgendwo festgehalten wurde. Aber endlich kam Sissi dann doch aus den Büschen und ich konnte sie ins Auto packen und diesem Wahnsinn entkommen.

Ich zog mit meinen Katzen wieder in den Süden und versuchte noch einmal Fuß zu fassen. Aber es ging nicht! Schon nach 4 Wochen musste ich feststellen, dass ich einfach nicht gegen die Krankheit ankam und schon wieder vor einer Entscheidung stand. Diesmal wollte ich aber nach Deutschland zurück! Ich kontaktierte den Tierschutz auf Teneriffa und schilderte dort meine Situation, dass ich einfach keine andere Möglichkeit sah, außer nach Deutschland zurück zu gehen. Natürlich würde ich lieber meine Katzen mitnehmen, aber die finanzielle Lage war aussichtslos. Der Tierschutz bot mir an, wenn ich meine Katzen in Deutschland wieder zu mir nehmen würde, würden sie sich um alles Kümmern, die Kosten für den Flug der Katzen, und die Unterbringung in Deutschland, bis ich die Katzen wieder zu mir nehmen könnte. Das war meine Rettung! Die Katzen wurden geimpft und bekamen alle neue EU Pässe, ge-chipt waren alle drei schon.

Und so sind dann die Katzen und ich am 11.10.2011 in Deutschland gelandet. Die Katzen wurden vom Flughafen abgeholt und in ein Tierheim an der holländischen Grenze gebracht und ich bin zu einer Freundin gezogen. Am nächsten Tag bekam ich dann in Deutschland einen Eintrag auf meinem Personalausweis: OfW. Ohne festen Wohnsitz! Ich war „Obdachlos". Es dauerte ganze 7 Wochen, bis ich endlich eine Wohnung und einen Job gefunden hatte und meine Katzen endlich aus dem Tierheim wieder zu mir holen konnte.

Ja, vieles in meinem Leben war sehr viel weniger als gut, aber Anderes fügte sich einfach irgendwie.

Selbst Jahre später hat mich dieser Irre alte Mann noch mit E-Mails belästigt, auf die ich nie reagiert habe.

Ja, das ist ein, sehr kleiner Ausschnitt aus meinem Leben, und von meiner Geschichte. Solche, und ähnliche Episoden, zogen sich wie ein roter Faden durch mein Leben, von Kleinkind an! Tiefgreifende, negative Erlebnisse in meinem Leben haben sicherlich ihren Beitrag dazu geleistet, dass ich in diese Sucht geraten bin.

Und seitdem ich an diesen Automaten zocke, gehe ich gar nicht mehr in die schönen großen, stattlichen Casinos zum Roulettspiel.

Bei vielen Menschen werden auch, die sehr vielen verschiedenen Beweggründe, ihren Beitrag dazu geleistet haben, dass sie in eine Suchtkrankheit abgerutscht sind.

Wie sagte meine Freundin, die ich nach ein paar Jahren meiner Sucht eingeweiht hatte; „Jeder Gewinn dient nur dem Weiterspielen!" Ja, so ist es! Die Gewinne, die zwischendurch auch mal erzielt werden, sind aber nie hoch genug! Es ist nie genug!!! Kein Gewinn ist hoch genug, um die Verluste wieder wett zu machen. Ich hatte, schon lange, die Kontrolle verloren! Ich konnte mich nicht von den Automaten fernhalten. Es ging einfach nicht!

Heute weiß ich, dass auch nur das kleinste, negative Erlebnis mich in die Spielhallen treiben kann.

Eine Rechnung die ins Haus flattert. Ein Anruf bei meiner Freundin der nicht beantwortet wurde. Eine Bewerbungsabsage. Die Benzinpreise sind schon wieder gestiegen. Die Nebenkostenabrechnung ist fällig. Die Arbeitskollegin hat mich wieder einmal gemobbt. Der Bus ist mir vor der Nase davon gefahren und ich muss entweder warten oder fünf Kilometer laufen. Schon der kleinste Anlass dient mir als Entschuldigung in die Spielhalle zu rennen.

Warum kann ich nicht sagen, ist es Selbstbestrafung? Versuche ich krankhaft aus dem negativen Erlebnis ein positives Erlebnis zu zaubern?

Ja, diese Erklärung könnte durchaus richtig sein.

Der zwanghafte Versuch etwas Positives zu Erleben.

Natürlich geht es auch darum Geld zu gewinnen. Ich habe ja auch schon zig tausende von Euro verloren. Aber wie ich ja auch schon sagte, die Gewinne sind nie hoch genug. Natürlich freut es mich, wenn ich 3- oder 400 Euro gewinne, klar! In diesem Moment habe ich auch die verlorenen Tausende vergessen und empfinde ein „kleines" Glücksgefühl. Aber es ist leider nicht dauerhaft. Und oftmals ist dieser kleine Gewinn am nächsten Tag auch schon wieder verloren.

Trotz diesem Wissen, kann ich mich nicht aus den Spielhallen fern halten.

Kapitel 4

Was geht in mir als Zocker vor?

Es ist tatsächlich so, dass ich vor diesen Geräten gar nicht mehr denke. Nicht an die Dinge, die wichtig sind.

Ich weiß ganz genau, ich bekomme erst in drei Wochen wieder Geld. Ich brauche noch Tabak, schließlich bin ich Raucher. Meine Katzen haben Futter und Streu. Ich brauche für mich nicht viel. Solange die Katzen versorgt sind, bleibe ich „bewusst" auf der Strecke. Da verzocke ich sogar die letzten 20€ für Tabak, in der Hoffnung doch noch etwas Glück zu haben und aus diesen 20€ vielleicht doch noch „viel mehr" zu machen! Ich habe ja noch Kippen im Aschenbecher, da lassen sich noch ein paar Zigaretten drehen.

Die einzigen Gedanken, die sich während des Spielens bei mir ergeben, sind zum Beispiel Gedanken wie: Los, nun gib schon Freispiele! Ein bisschen kannst du doch wohl machen! Ich brauche ein Bisschen! Du hast doch wohl schon genug geschluckt! Nu komm schon! Ach komm, wenn du Freispiele gibst, dann gib auch Gewinne, sonst kannst du dir die Freispiele auch sparen! Oh bitte, das kann doch jetzt nicht dein Ernst sein! Los jetzt, wenn du nicht willst, gehe ich an einen anderen Automaten! Man, ich habe schon wieder 300 € verloren! Verdammt! Wie kann man nur soooo blöd sein!

Wenn der Automat dann doch einmal ein paar Euro gibt, dann gehen die Gedanken weiter: Was soll ich denn jetzt bitte mit 30€ anfangen! Los, komm schon, gib mir mein Geld wieder! Mehr bekommst du nicht! Ok, einen 10er noch, dann ist aber Schluss! Na, jetzt ist es eh egal! Kannst die letzten 30€ auch noch haben! Blöder Automat! Du lässt mich hier schon wieder komplett hängen! Willst du wieder bis auf die letzten 0,10 Cent runter spielen und dann vielleicht noch einmal in die Freispiele gehen? Los jetzt! Ach komm schon, ich habe nichts mehr, verdammt, ich brauche doch ein Bisschen was! Ich habe dir doch schon wieder so viel gegeben, ich habe mir doch ein bisschen Entschädigung verdient, also, bitte!

Der Puls steigt, das Adrenalin pumpt. Kommen noch einmal Freispiele? Habe ich noch einmal ein kleines, klitzekleines bisschen Glück???

Dann, wenn alles Geld wieder verloren ist und die Hoffnungen, wieder einmal, nicht erfüllt wurden, ärgere ich mich fürchterlich über meine Dummheit. Draußen vor der Tür schwöre ich mir, *nie wieder.*

Jedes Mal, und immer wieder aufs Neue.

Aber, das Teufelsrad dreht sich immer weiter und weiter und weiter.

Ohne Notbremse! Ohne Mitleid! Erbarmungslos Brutal!

Und genau dies ist das Schicksal aller Zockerkranken. Immer wieder aufs Neue versuchen zockerkranke Menschen ihr „Glück". Obgleich wir doch alle genau Wissen, dass die Betreiber von diesen Spielautomaten diese Geräte nicht aufstellen, damit jeder der dort sein Geld einwirft auch Geld gewinnt! Ganz im Gegenteil! Die Betreiber bauen und vertrauen auf dieses Suchtverhalten von den Menschen, um ihre Taschen zu füllen.

Nicht meine oder deine! Nur seine Eigenen!

Obwohl ich, in diesem Augenblick, daran denke, dass ich, sobald ich an Geld komme, gleich meine bevorzugte Spielothek ansteuere, um mein *Glück* zu versuchen.

Paradox nicht wahr! Krank! Kopfkrank!

Zurzeit bin ich nämlich schon wieder völlig Blank, mein Konto ist über das Dispositionslimit hinaus belastet. Die noch offenen Rechnungen werden nicht bezahlt und sobald mein Gehalt auf dem Konto eingegangen ist, muss ich diese, dann mit Mahngebühren, nachzahlen. Was natürlich bedeutet, nächsten Monat fehlt mir noch mehr Geld.

So dreht sich dieser *Teufelskreislauf* immer weiter. Eine Spirale, die sich immer weiter zuspitzt, bis zu dem Zeitpunkt, an dem ich es schaffe einfach nicht mehr in Spielotheken hineinzugehen, oder mich am nächsten Ast aufhänge.

Aber wann werde ich diesen Zeitpunkt endlich erreichen???

Als Mitarbeiterin in einer Spielhalle hatte ich auch mit ansehen können, wie sich andere Zockerkranke Menschen verhalten.

Kapitel 5

Wie verhalten sich Zocker?
Was passiert da denn nun wenn ein Zocker
vor diesen Geräten sitzt???

Das Verhalten von Zockern ist völlig unterschiedlich.

Es gibt die ruhigen, die vor einem Gerät sitzen, ihr Geld einwerfen und sich völlig gelassen und unbeeindruckt geben. Egal ob Freispiele kommen, ein Gewinn erzielt wurde oder die Verluste hoch sind. Sie trinken ihren Kaffee oder Cola, sind freundlich und bedienen sich einer manierlichen Umgangsform. So wie ich!

Dann gibt es die Zocker, die völlig neben sich stehen. Sie sind unfreundlich, beschimpfen laut die Geräte und das Servicepersonal, schlagen oder treten gegen die Automaten.

Die Zocker unterscheiden sich in verschiedene Gruppen. Die Eine Gruppe ist der Meinung, sie könnten durch ihr Verhalten beim Drücken des Startknopfes den Bildlauf beeinflussen. Ich persönlich hatte immer gesagt; „Es ist doch völlig egal, ob ich den Startknopf drücke oder ob ich auf Autostart stelle! Wenn das Gerät den Zeitpunkt erreicht hat, an dem er Auszahlen muss, dann bekomme ich einen „*Gewinn*". Ist der Zeitpunkt nicht erreicht, kommt auch kein Gewinn!" Und genau auf diesen Zeitpunkt, dass ein Gerät auszahlen muss, warten und hoffen Zocker. Natürlich *müssen* die Geräte irgendwann auszahlen. Das ist ja vom Gesetzgeber so vorgeschrieben. Nur wann und in welchem Umfang, dass ist die große Frage des Glücks und gerade dann vor diesem Gerät zu sitzen, das ist der Zeitpunkt, auf den Zocker hoffen.

Wieder Andere Zocker nutzen die Risikofunktion am Gerät. Ein Gast hier bei uns in der Spielhalle bereitet mir immer Sorgen. Wenn er die Risikofunktion betätigt, beugt sich weit über das Gerät, winkelt den rechten Arm von seinem Körper ab und hämmert dann, mit den versteiften Fingern, auf diese Taste. Irgendwann einmal wird er sich dabei die Finger brechen! Das kann ich mir zumindest lebhaft vorstellen.

Eine andere Gruppe ist der Meinung anderen Zockern zeigen zu müssen, wie sie spielen müssen um zu gewinnen. Welchen Einsatz sie spielen müssen und wann sie, wie, die Risikofunktion nutzen müssen. Das sind meistens die Zocker, die ihr eigenes Geld schon verloren haben und so anderen „helfen" ihr Geld auch zu verlieren. Solche Szenarien mit anzusehen kann schon ganz lustig sein.

Dann gibt es auch die Zocker, die Stühle durch die Halle schmeißen, oder ein Gerät kaputt schlagen.

Oh, ja, diese Krankheit kann durchaus Ausarten und die Boshaftigkeit in Menschen zu Tage fördern.

Der Frust, Stress, die Enttäuschung über den Verlust und der Ärger darüber, dass, trotzdem ein Zocker schon sehr viel Geld in ein Gerät eingeworfen hat und nicht einmal eine Freispielserie bekommen hat, sind beängstigend.

Allgemeine Unzufriedenheit und mit Sicherheit auch viele andere, schlechte, Erfahrungen aus seinen persönlichen Lebensumständen, sind die eigentlichen Auslöser dieser Verwirrtheit. Zumindest war es bei mir so. Es kommen natürlich auch eine ganze Menge andere Faktoren mit dazu.

Bei jungen Leuten, die einfach einmal so, aus Lust in eine Spielhalle gehen, sich gegenseitig anstochern, da liegen die Auslöser wohl eher in anderen Bereichen. Hier ist ganz gewiss ein „Gewinn" ein, wenn nicht DER ausschlaggebender Faktor, dass sich eine Zockersucht entwickelt.

Und, es ist eine Entwicklung, schleichend,
hinterhältig und brutal ungnädig.
Und, das Zocken ganz weit von *Spielen* entfernt ist, steht doch wohl fest! Oder?

Das Zocken als *Spielen* bezeichnet wird ist schon kriminell. Diese Bezeichnung soll doch nur von der brutalen Realität ablenken, dass es hier ausschließlich um Geld geht.

Um Existenzen, Familien und sicherlich auch oft um Leben, wenn es den Einen oder Anderen in den Suizid getrieben hat.

Auch wenn Vater Staat so tut als würde er versuchen die Menschen vor dieser Zockerkrankheit zu Schützen, so verdient Vater Staat doch verdammt gut mit bei dieser Ausbeutung der, sowieso schon, gebeutelten Arbeitern. Vater Staat erlaubt sich hier ganz kräftig mit zu Verdienen. Auch unter dem Decknamen „Steuern" bekannt!

Scheinheilig! Oops, dieses Thema behandle ich ja in einem ganz anderen Buch.

Spielen dagegen ist doch etwas ganz anderes als Zocken. „Spielen" dient der Unterhaltung, dem Lernen und dem sozialen Umgang. Es macht Spaß! Manche Spiele bedürfen einer Strategie, Geschicklichkeit, andere, Überlegung und ein wenig Glück. Bei manchen Spielen kann man bluffen.

Schon einmal versucht vor einem Automaten zu sitzen und den anzubluffen??? Ist doch dem Automaten völlig egal!!! Es ist ein Computer!

Zocken ist purer Stress und hat Überhauptnichts mit „*spielen*" zu tun.

Jeder Zocker muss mir Recht geben. Wo bitteschön ist denn an diesen Automaten ein Spiel und wo befindet sich der Spaßfaktor????

Es sind Computer gesteuerte Bildabläufe, die weder Geschicklichkeit noch Strategie bedürfen. Der Mensch, der vor diesen Computern sitzt, hat nicht den geringsten Einfluss auf die Abläufe, die Reihenfolge der Bilder, den Gewinn oder den Verlust! Ok, auf den „Verlust" schon, er kann ja aufhören Geld einzuwerfen. Vor diesen Automaten kann ein Zocker nur, völlig abgestumpft und stupide, den Startknopf drücken. Mehr nicht! Wer ein völlig abgestumpftes, dummes Knopfdrücken als *Spiel* bezeichnet, kann doch seine Mitmenschen nur für dumm verkaufen.

Es sind Computerprogramme, die für den Gewinn eines Unternehmers geschrieben wurden.

Diese Computerprogramme sind bestimmt nicht dazu geschrieben worden, um Otto Normalverdiener zum Reichtum zu verhelfen.

Nicht umsonst heißt es ja auch „Glücksspiel". Natürlich hat zwischendurch auch jemand einmal „Glück"!

Aber, Glück ist es doch auch nur dann, wenn zum Beispiel, jemand der auf seinen Zug am Bahnhof noch warten muss, mit Zwei Euro in eine Spielothek geht und mit diesen Zwei Euro Drei- oder Vierhundert Euro gewinnt. Den Gewinn sofort Auszahlen lässt und die Spielothek augenblicklich verlässt.

Und, nie wieder in eine Spielothek hineingeht.

Das ist Glück!

Aber, der Zocker, der ständig Geld in die Automaten steckt, der hat nie Glück, weil er immer verliert. Er kann gar kein „Glück" haben.

Ein Beispiel; Ein junger Mann wechselt bei mir Einhundert Euro. An einem der Automaten, an denen dieser zockt, sehe ich, dass er knapp über Dreihundert Euro Guthaben in der Anzeige hat.

Hier ein kleiner Hinweis! Auf den Geräten heißt es nicht etwa Dreihundert Euro, nein, es sind doch nur „Punkte"! Es wird so einem Zocker suggeriert, dass er ja gar nicht mit Geld spielt, sondern nur mit Punkten. Bei anderen „Glücksspielen" wird aus Geld, mal so eben ganz schnell Jetons, Chips, Coupons und was noch alles, aber, es handelt sich nicht mehr um Geld!

Zurück zu diesem jungen Mann. Oh, denke ich, dann wird er ja sicherlich gleich die Auszahlung durchführen und ich kann mich, eventuell, auf eine Auffüllung des Automaten vorbereiten. Fünf Minuten später kommt er wieder zu mir und wechselt nochmals 50 Euro. Ich nehme an, dass er an einem anderen Automaten auch sein „Glück" versuchen will, denn das Umbuchen zur Auszahlung dauert ja, je nach Menge, auch eine gewisse Zeit.

Auch hier wieder die klassische, psychologische, Vorgehensweise.

Der Zocker, der auf sein „Guthaben" warten muss, neigt natürlich dazu sich in der Zwischenzeit an einem anderen Automaten die Zeit zu vertreiben. Die meisten Zocker lassen sich an einem Gerät ein Guthaben auszahlen und verlieren an einem anderen in der Zwischenzeit diesen Betrag schon wieder, wenn nicht noch viel mehr.

Das es technisch möglich wäre, die Guthaben innerhalb von wenigen Minuten zur Auszahlung zu bringen, sollte ja wohl nicht das Problem, bzw. ein Hindernis sein. Nein! Es ist ganz gezielt darauf ausgerichtet, dem „Gewinner" nicht die Chance zu geben sofort mit seinem „Gewinn" zu verschwinden.

Wie heißt es so schön? Zeit ist Geld und nie traf dieser Spruch mehr zu als in Spielotheken. Je länger der Zocker dort drinnen ist, desto mehr Geld wird er verzocken. So ist es nun einmal.

Dann sehe ich, dass sein Guthaben von 300 „Punkten" schon wieder alles verspielt ist. Dieser junge Mann hat bei mir in den letzten Zwei Stunden mindestens schon Sechs- bis Siebenhundert Euro gewechselt und an den verschiedenen Automaten verloren.

Da Frage ich mich doch, was will dieser junge Mann überhaupt??? Macht es ihm denn vielleicht einfach nur Spaß so viel Geld zu verlieren? Hat er so viel Geld, dass ihn der Verlust von einigen Hundert Euro nicht stört? Er ist ohne eine Auszahlung aus der Halle gegangen. Er hat alles verloren. Warum??? Was wollte er???? Wie viel muss er denn „gewinnen", um diesen Gewinn anzunehmen???

Wann ist es genug??

Jeden Tag sah ich wie sich andere Zocker verhalten, wie sich ihr Wesen verändert, wenn sie verlieren. Man sollte Meinen, dass sich ein Zocker freut, wenn er einen „Gewinn" erzielt. Aber, da es ja nie, auch nur annähernd, den Verlust ersetzten kann, freuen sich Zocker nicht einmal über die, momentan, erzielten „Gewinne"!

Die Zocker, die sich Stundenlang in der Spielothek aufhalten, selber nicht zocken, weil sie kein Geld mehr in der Tasche haben und nur Anderen zuschauen, wie sie mehr oder weniger verlieren, kann ich überhaupt nicht verstehen. Noch schlimmer in meinen Augen, ist diese Sorte von Suchtkranken, die durch die Spielhallen streunen und in den Geräten nachschauen, ob da vielleicht ein Zocker Geld im Auswurf vergessen hat. Wenn, dann sollte dieses auf jeden Fall für das Personal als Trinkgeld angesehen werden. Ein Minimum an Selbstachtung sollte man sich doch noch beibehalten.

Leider sind Zocker auch oft nicht Trinkgeldfreundlich eingestellt. Obwohl hier doch auch eine Serviceleistung erbracht wird. Ok, bei denen, die gerade alles verloren haben, kann ich auch kein Trinkgeld erwarten, aber die, die mit einigen Hundert Euro aus der Halle gehen, da ist meiner Meinung nach ein Trinkgeld schon angebracht. Auch ich habe bei einigen hundert Euro ein Trinkgeld gegeben.

Es ist schließlich kein angenehmer Job sich mit genervten Verlierern herum zu Ärgern.

Wenn man so überlegt, könnte man diese Automaten doch sogar mit Hüttchenspielen vergleichen. Jeder Mensch weiß genau, dass man beim Hüttchenspiel nicht gewinnen kann.

Ich habe einmal im Internet unter Glücksspiel, bei Wikipedia nachgesehen, dort steht, dass der Gesamtumsatz des legalen Glücksspielmarktes 2008 in Deutschland, rund 24,9 Mrd. Euro betrug. Davon rund 16,2 Mrd. Euro durch Geldspielautomaten, Roulette und Kartenspiele. Und mehr als die Hälfte der Deutschen beteiligten sich an Glückspielen.

Beängstigend.

Obwohl hier sicherlich auch die Lottospieler mitgezählt wurden. Zählt ja auch zu den Glücksspielen.

Also, wenn ich die finanzielle Möglichkeit hätte eine Spielothek zu Eröffnen, würde ich es sofort Realisieren. In welchem anderen Gewerbe bringen dir die Menschen einfach so ihr Geld, ohne eine handfeste Gegenleistung zu Erwarten? Ohne das eine Gegenleistung erbracht werden muss??? Nichts Produzieren zu müssen, einfach nur Geräte betriebsbereit halten, ein Getränk, kostenlos, ausschenken und schon ist der Umsatz garantiert.

Einfach so! Genial oder???

Die Menschen bringen dir einfach ihr Geld! Einfach ein paar Automaten aufstellen und schon werfen dir die Menschen ihr Geld regelrecht in den Rachen! Metaphorisch gesprochen! Man, hätte ich bloß dieses Wissen vor einigen Jahren gehabt, dann hätte ich Heute, statt dem Pleitegeier, das große Los gezogen. Zocker sprachlich ausgedrückt.

Na gut, wenn dass Wörtchen „wenn" nicht wäre, ist schon klar. Dann hätte ich erst gar nicht alles verloren.

Ich als Zocker versuchte auch nur, krankhaft, meine Verluste wieder zurück zu gewinnen. Wie schnell bei diesen Versuchen so eben mal Dreihundert Euro verloren sind, dass weiß ich auch nur zu genau. Das die Verluste dabei ins unermessliche Ansteigen, fällt einem Zocker nicht wirklich auf. Es ist ja auch ein sehr schleichender Prozess, weil, zwischendurch bekommt man ja auch wieder ein wenig zurück, welches einen zum Weiterzocken dient und anheizt.

Als Zocker verdränge ich einfach die Realität und hoffe bei jedem „Spiel" wieder etwas zurück zu bekommen. Es geht nur darum „Gewinne" zu Erzielen, um meinen Einsatz und, wenn möglich, meine Verluste, zurück zu bekommen. Jedes Mal aufs Neue. Immer und immer wieder.

Und, obwohl ich als Zocker zwar selber die Paradoxe in diesem „Spiel" erkenne, und mir sehr wohl Bewusst bin, dass ich gar nicht „gewinnen" kann, kann ich mich nicht dagegen Wehren!

Es ist definitiv krankhaft!

Selbst wenn, so wie bei mir, ein Zocker vor dem Existenz Ende steht, kann er sich nicht helfen und versucht weiter und weiter *sein* Geld zurück zu gewinnen"! Kurz vor dem Suizid stand ich schon mehrmals. Und trotz all diesem Wissen, wollte ich als Zocker gar nicht von Anderen diese ganzen Argumente hören. Ich wusste es schließlich selber.

Ich bin ja nicht wirklich dumm oder unwissend! Es hat nur irgendetwas im Gehirn „klick" gemacht und es war als wäre ich hypnotisiert worden. Ich stand unter einer Macht, gegen die ich mich einfach nicht zur Wehr setzten konnte.

Kapitel 6:

Welche Menschen werden zu Zockern?
Sind es nur Männer?
Betrifft es eine bestimmte Sozialschicht?
Spielt das Alter eine Rolle?
Sind es nur die einsamen Menschen,
die Alleinstehenden?

Es betrifft alle Altersgruppen, alle Schichten! Es ist nicht auf einzelne Sozialschichten begrenzt. Egal ob Frau oder Mann. Diesem Teufelskreis ist es völlig egal wie alt oder jung der Mensch ist! Ob männlich oder weiblich!

Jeder Mensch kann in eine Suchtkrankheit verfallen! Stoffgebundene oder nicht Stoffgebundene!

Wenn die entsprechenden Komponenten im Kopf getriggert werden! Es kann jeden Menschen in jedem Alter und jeder sozialen Schicht treffen. Einer Suchtkrankheit zu verfallen hat nichts mit einem schwachen Charakter oder mit Willensschwäche zu tun. In den aller meisten Fällen und allen Suchtkrankheiten sind es schleichende Prozesse die im Kopf und im Körper ablaufen. Die meisten Suchtkranken erkennen irgendwann selber erst dass ein Problem besteht, wenn dieser Mensch schon in allen Lebenslagen am untersten Punkt seiner Existenz, und oftmals auch Gesundheitlich, am Ende angekommen ist.

Eine Suchtkrankheit macht kein Halt vor Menschen die einen niedrigen oder hohen IQ haben, egal ob Menschen einen hohen oder einen niedrigen Bildungsweg erlebt haben. Die Sucht schleicht sich langsam und grausam ein. Familie und Freunde merken oft gar nicht dass der Andere ernsthaft in Schwierigkeiten ist.

Manche suchtkranke Menschen gestehen sich selbst nicht ein, dass Sie suchtkrank sind, auch wenn andere Menschen sie schon darauf ansprechen.

Und auch dann, wenn ein suchtkranker Mensch es selber realisiert hat und sich versucht dagegen zu wehren und dieser Sucht nicht mehr nachzugeben, ist es ganz gewiss alles andere als einfach dieser Sucht zu widerstehen.

Mir hat es nicht geholfen zu Wissen dass ich Suchtkrank bin. Es war mir sehr bewusst, dass ich Krank war und dass ich ein riesiges Problem hatte. Aber ich konnte nicht dagegen ankämpfen. Ich wurde, wie ferngesteuert, immer wieder in die Spielhallen gezogen und habe alles verzockt was ich verzocken konnte.

Es ist wie ein Schalter der im Gehirn umgelegt wird. Denken wird nicht geduldet. Als Zocker war ich eine Marionette, unwillig und zwanghaft. Keine Chance zu entkommen.

Fluchtwege werden zwischendurch gesucht. Ehrlich! Ohne Scherz! Für Menschen, die nie unter solchen Zwängen gelitten haben, ist so etwas völlig unverständlich! Mir ging es ja genauso!

Und, ich spreche nicht nur aus persönlicher, sonder auch aus familiärer Erfahrung!

Meine Mutter ist Spielsuchtkrank, obgleich Sie es sich nicht eingesteht!

Und trotzdem bin ich selbst dahinein abgerutscht.

Kapitel 7:

Warum hört ein Zocker nicht einfach auf?

Weil es der Zocker nicht kann!

Ein Zocker ist wie ferngesteuert! Eine leere Hülle, die nicht mehr eigenständige Entscheidungen treffen kann.

Zumindest nicht die, nicht in eine Spielhalle zu gehen.

Niemand kann einem Suchtkranken helfen, wenn dieser nicht von sich aus endlich aus dieser Sucht heraus möchte. Ist der Zocker nicht wirklich zu 100 Prozent bereit aus diesem Teufelskreis auszubrechen, dann können nichts und niemand ihm helfen.

Als Stützte, um den eigenen Willen zu Stärken, sind Anlaufstellen für Suchtkranke ganz bestimmt ein Schritt in die richtige Richtung. Aber es muss schon der tatsächliche Wille des Einzelnen vorhanden sein, sonst kann es nicht klappen. Sonst schafft es ein Zocker nicht aus diesem Sumpf heraus zu kommen.

Therapie- und Suchtberatungsstellen sind eine sehr gute Anlaufstelle. Ich war, in den ersten Versuchen Hilfe für mich zu finden, nicht an den richtigen Stellen angekommen. Für mich war es nicht von Nutzen. Ich war zu zwei Gesprächen gegangen, welche mir überhaupt nicht geholfen hatten. Ich suchte richtige Hilfe! Mir wurde jedoch einfach eine Liste mit Informationen zu Selbsthilfegruppe in die Hand gedrückt!

Ich wollte keine Selbsthilfegruppen! Ich wollte professionelle Hilfe!

Ich wollte dass mir jemand mit Fachkunde und psychologischem Wissen hilft!

Eine mögliche Alternative aus diesem Sumpf hinaus zu finden, könnte vielleicht sogar ein, kurzes, künstliches Koma sein! Einfach um diese „Gewohnheit" für einen Zeitraum zu unterbrechen. Ich hätte gerne eine solche Möglichkeit in Anspruch genommen, wäre sie mir angeboten worden. Ehrlich! Als eventuelle, einfache, Hilfe aus diesem Teufelskreis heraus zu kommen, hätte ich dieses auf jeden Fall ausprobiert.

Ich wollte raus aus dieser Hölle. Hatte es aber einfach nicht geschafft. Es war egal, wie sehr ich auf mich selber einredete. Auf dem Weg zur Spielothek, sagte ich mir; „Dreh um, geh nach Hause"! Beim Eintreten in die Spielothek dann: „Na gut, aber nur 10 Euro!"
Ich wusste dass ich mich selbst belogen hatte.
Ich wusste es ganz genau, aber ich konnte nicht, nicht hineingehen und es nicht versuchen. Bei zehn Euro konnte es nur bleiben, wenn

es auch tatsächlich alles Geld war, das ich hatte. Und nur, wenn ich nicht an mehr Geld drankommen konnte! Auch hier wieder eine Lüge die man sich selbst vorgaukelt, denn, mit nur 10 Euro in der Tasche, bin ich in keine Spielothek gegangen. Es mussten immer mindestens 30 Euro zur Verfügung stehen.

Und solange Geld zu bekommen war, versuchte ich es weiter und weiter. Zocker sprechen sogar mit den Automaten! Es entwickelt sich eine Beziehung zu diesen Geräten. Der Zocker fordert den Automaten auf ihm endlich etwas zu geben! Dass dieses völlig absurd ist, weiß ein Zocker auch, aber so ist es nun einmal. Ich sagte immer: „Komm schon! Du bist dran mir etwas zu geben, ich hab dich doch schon genug gefüttert für heute". Oder, total verzweifelt: „Nun komm schon, ich muss noch meine Miete bezahlen. Los, bitte, bitte, bitte! Ach komm schon, was soll ich denn mit 3.50 Euro? Willst du mich jetzt völlig verarschen? Du brauchst mir keine Freispiele geben, wenn du nichts daraus machst, dann kannst du deine blöden Freispiele auch behalten!" Auch Tränen sind diesen Automaten völlig egal! Ich spreche aus Erfahrung!

Auf dem Nachhauseweg, wenn ich wieder alles Geld verloren hatte, beschimpfte ich mich selber, dass ich, schon wieder einmal, so dumm war und mich nicht unter Kontrolle hatte. Mit den schlimmsten Beschimpfungen! Ich sagte mir: „Nie wieder!"

Zu spät, das Geld war weg!

Und egal, wie sehr ich mich beschimpfte, sobald wieder Geld zur Verfügung stand, drehte sich dieses Teufelsrad aufs Neue.

Noch auf Teneriffa, sagte ich, an einem Abend auf dem Weg zum Wechselautomaten, zu einem Mitarbeiter dort im Casino: „Der letzte 50€ Schein!" Ich meinte, für diesen Abend.

Seine Antwort, ganz leise:

„Es ist nie der Letzte!"

Dieser Mitarbeiter schaute mich hin und wieder auch ganz traurig an, dass ich schon wieder Geld wechselte. Ja, genau in diesem Moment war es mir peinlich! Aber, vor dem Automaten hatte ich diesen Blick sofort wieder vergessen.

Der Zocker der sagt er hat es unter Kontrolle, belügt sich und andere!

Ein Zocker hat es nie, „unter Kontrolle". Ein Zocker wägt sich als Gewinner, solange er sich im, selbstbetrügerischen, „Plus" sieht, aber dies ist spätestens dann vorbei, wenn eine Weile nichts mehr

„gewonnen" wurde und die Verluste, wieder einmal, zu enormen Stress führen! Weil die Miete schon wieder einmal überfällig ist, die Telefonrechnung nicht bezahlt ist und kein Essen im Haus ist.

Das soll spielen sein und Spaß machen???

Nein, es macht keinen Spaß! Dieses Spiel ist alles andere als ein Spiel, außer man spielt gern mit seinem Leben! Denn dass ist die Zockerkrankheit, ein Spiel bei dem es, letztendlich, um das Leben geht. Schaffe ich es als Zocker zu überleben oder schaffe ich es nicht und hänge mich am nächsten Baum auf, weil es nicht mehr weiter geht???

Es wird ja gesagt, dass es wichtig sei, andere Verhaltensmuster zu Entwickeln, um sich aus dieser Sucht zu befreien.

Ja, das Mag sein. Aber Änderungen nimmt ein Suchtkranker einfach nicht an! Nein, ganz ehrlich, überleg doch einmal! Ein Zocker hat doch gar keine Zeit dafür! Die Automaten warten doch!

Hallo, also wirklich!

Dann ergab sich folgendes in meiner Zockerkarriere;

Ein jähes Ende. 30.10.2013
Heute ist ein super, guter Tag! Ich fühle mich wie neu Geboren. Meine Zockerkrankheit hat endlich ein jähes Ende gefunden.

Wie?

Die letzten drei Tage hatte ich Frei von der Arbeit. Geld auf dem Konto und ein Wenig in der Tasche. Am Montag war ich sehr müde, da ich ja vorwiegend die Spätschichten arbeite. Und obwohl ich fast den ganzen Tag geschlafen hatte, und nur kurz zum Supermarkt gegangen war, hatte ich mich am Abend kurz nach 21 Uhr schon wieder ins Bett gelegt. Ich war gerade im Begriff, in den sanften Schlaf zu entschlummern, als das blöde Telefon klingelte.

Meine Kollegin wollte „nur mal kurz Plaudern". Na toll. Sie erzählte mir, dass dort bei ihr, in der Spielothek, der Teufel los war. Alle Automaten hatten geschmissen, Tausende von Euros seien ausbezahlt worden. Ja, danke für die Info. Ich drehte mich wieder auf die Seite und wollte Einschlafen.

Aber, nein, jetzt war es vorbei mit der Müdigkeit.
So viel Geld!

Da sollte ich doch besser einmal Schauen, ob ich auch meinen Teil abbekomme. Also, raus aus dem Bett, rein in die Klamotten und rüber in die Spielothek gegenüber. Noch eben 50 Euro vom Konto geholt und so hatte ich nun 64 Euro in der Tasche. Einen Kaffee, drei Multivitaminsäfte und zwei Stunden später war ich Pleite. Genervt bin ich wieder nach Hause gegangen.

So ein blöder Mist!

Jetzt war ich aber erst einmal wach. Na, und vielleicht klappt es ja beim Onlinespiel? Nur 30 Euro versuchen! Mehr nicht. Gegen Mittag am Dienstag, nachdem ich die Nacht durch gezockt hatte, hatte ich dann 130 Euro vom Konto abgebucht und verspielt. Ah, Moment, ich hatte diese aber zurück gewonnen und als Auszahlung auf mein Konto angewiesen.

Die Online Spielothek ist ja nun auch sehr Klever! Die Überweisung erfolgt erst 24 Stunden nach Anweisung. Somit hat man reichlich Zeit, noch mal eine Stornierung vorzunehmen.

Ich hatte mich ausgeloggt und ein wenig Hausarbeit erledigt, weil am Mittwoch ein Handwerker angemeldet war. Da wollte ich etwas Ordnung in der Wohnung haben. Dann hatte ich noch ein paar Filme angeschaut und war dann ins Bett gegangen.
Mittwochmorgen gegen 10 Uhr Früh, klingelte mich dann auch schon der Handwerker aus dem Bett. Er brauchte nicht lange. Als er wieder weg war, entschloss ich noch schnell zum Baumarkt zu

gehen und etwas zu Besorgen. 30 Euro hatte ich vom Konto geholt. Mit 20 davon bin ich dann am Nachmittag in die Spielothek gegenüber rein gegangen.

Wie immer, nach einer Tasse Kaffee und ein paar Säften, bin ich dann, wieder Pleite, nach Hause gegangen.

Aber ich konnte es nicht lassen. Ganz schnell das Lapi hochfahren und *nur* 30 Euro Stornieren.

Donnerstag, also Heute, musste ich wieder zur Arbeit.

Also, zur Erinnerung, Gestern, kurz nach 10 Uhr war ich aufgestanden, ab ca. 17 Uhr saß ich dann vor dem Laptop. Natürlich, ich hatte alles im Laufe der Nacht storniert. Zwischendurch hatte ich auch schon einmal wieder 200 Euro Guthaben.

Diese hätte ich ja auch zur Auszahlung abgeben können. Aber nein, es könnte ja noch ein bisschen dazu kommen. Bestimmt kommt doch noch etwas dazu!

So 400 oder 500 Euro sollten doch wohl zu schaffen sein!

Ganz ehrlich, es ist nie genug!!!

Ich fragte mich, wann hört man auf, wann höre *ich* auf???

Ein bisschen geht doch bestimmt noch!!

Gegen 5:30 Uhr am Morgen, also gut 12 Stunden später, hatte ich mir nochmals 30 Euro von meinem Konto überwiesen!

Mein Guthaben hatte ich schon alles storniert und verloren. Es musste doch klappen!

Schlafen? Hatte ich keine Zeit zu! Ich musste doch mein Geld wieder zurück gewinnen! Jetzt hatte ich schon 130 Euro, zusätzlich von meinem Konto, nur hier im Internet verspielt.
Also, nur noch diese 30 Euro, um den Verlust wieder zu bekommen! Es war ein Marathon!

Halb schlafend hatte ich dann, im Sessel, vor dem Lapi gelegen und war zwischendurch sogar in Sekundenschlaf gefallen. Aber nur Sekundenschlaf, ich musste doch noch den Rest des Guthabens loswerden.

Hatte ich dann auch endlich geschafft.

Als diese 30 Euro dann auch endlich verspielt waren, hatte ich die Kraft ins Bett zu gehen. Nur für ein paar Stunden, denn ich musste ja noch zur Arbeit am Nachmittag.

Nun sitze ich hier bei der Arbeit und bin todmüde! Aber geheilt!

Dieser Zockermarathon hat mich erlöst!

Nie wieder werde ich mein hart verdientes Geld in diese Automaten schmeißen! Ein Gewinn ist doch eh nie hoch genug!!! Gewinnen, können immer nur die Bank bzw. mein Chef! Wäre es nicht so, wäre mein Chef ein schlechter Geschäftsmann, er würde ja in diesem Fall ein Verlustgeschäft betreiben.

Ja, klar wusste ich dieses auch schon vorher. Aber das Wissen hatte mir nicht geholfen.

Also, endlich habe ich den Sprung aus dieser Krankheit geschafft.

Es muss schon eine unfassbare Verzweiflung in einem wüten, und es musste, zumindest für mich, so dachte ich, ein Schlüsselerlebnis kommen, damit ich endlich davon Ablassen konnte!

Dieses war mein Schlüsselerlebnis!

Ich hatte mich gefragt, wann ich Aufhören wollte *mehr* zu „Gewinnen"!

Erst dann, wenn alles weg ist!!!

Mit mir nicht mehr!

Ok, ich Rauche weiter, aber, diese Sucht ist seelisch nicht so grausam!!! Körperlich ist es sicherlich nicht gut, wissen wir auch alle.

Aber, Zocken ist vorbei!!!
Ich gehe lieber Backgammon oder Karten kostenlos online spielen! Da ist zumindest ein Spaßfaktor dabei. Da kann ich teilweise Einfluss nehmen, ob ich gewinne oder verliere. Beim Zocken gibt es keinen Spaß! Das ist purer Stress!! Auch dieses Verstehen, nicht suchtkranke, Menschen nicht! Es gibt keine Logik in einer Suchtkrankheit. Keine Vernunft und kein Verstehen. Es ist einfach, eine krankhafte Veränderung.

Ein Gast hier in der Spielothek hat soeben alles an Geld verloren, geht an mir vorbei zur Tür und sagt: „Nur Ärger, nur Ärger!"

Ja, so ist es! Was ich auch als ganz furchtbar empfinde, ist der Anteil an jungen Menschen, männlich und weiblich, die in die Spielothek kommen. Es werden immer mehr. Das Problem beginnt meistens dann, wenn jemand aus Spaß einfach Zwei Euro in einen Automaten einwirft und das „Pech" hat zu gewinnen. Sobald hier einmal ein mittelgroßer Gewinn erzielt wird, geht derjenige wieder in eine Spielothek und versucht sein „Glück" wieder. Und schon hat sich dieser Teufelskreislauf geschlossen und der Mensch versucht immer wieder seine „Verluste", die unweigerlich eintreten, zurück zu gewinnen.

Ein Zocker erzählte mir auf meine Frage hin:

„Ein Zocker wird zum Betrüger, er will es nicht, aber durch die Verluste, wird er dazu!"

Seine Darstellung; „Du leihst mir 50 Euro, ich bekommen nächste Woche 150 Euro und will dir die 50 Euro zurückzahlen. Nun habe ich die 150 Euro und überlege! Also, der Einen schulde ich 50 Euro von diesen 150 Euro, dann brauche ich noch Tabak und ein bisschen Einkaufen für 50 Euro muss ich auch noch. Dann bekommt der Eine auch noch 20 Euro von mir, dann bleiben mir schon nur noch 30 Euro. Mit 30 Euro brauche ich nicht anfangen zu Zocken, da habe ich keine Chance. Also, vom Unterbewusstsein gesteuert, ist mein Weg in eine Spielothek, natürlich nicht in deine, denn da müsste ich dir ja deine 50 Euro zurückgeben. Ich gehe also in eine Andere, um zu versuchen diese 50 Euro, die ich dir ja auch zurückgeben will, eben dort *schnell* zu gewinnen.

Was in den meisten Fällen nicht passiert! Ich verliere also das Geld komplett, habe nichts zu Rauchen, nicht Eingekauft, meine Schulden nicht bezahlt und folglich einen schlechten Namen!"

Seine weitere Ausführung: „Jeder, ob er Alkoholiker ist, Drogenabhängig, oder Bordellgänger, diese Menschen, auch wenn deren Abhängigkeit den Banken bekannt ist, bekommen einen Kredit. Aber, wenn du als Zocker bekannt bist, dann bekommst du keinen Kredit! Zu dem bist du auch für jegliche Arbeitsstellen in Vertrauenspositionen, oder bei denen Geld im Spiel ist, ein Risikofaktor und wirst einen solchen Job nicht bekommen! Viele Zocker verfallen auch der Beschaffungskriminalität.
Da wird Haftpflichtversicherungsbetrug verübt, um an Geld zu kommen. Diebstähle, bis hin zu Raubüberfällen auf Spielotheken."

Kennt der meine Mutter?

Meine Mutter ist auch schon seit vielen, vielen Jahren der Zockerkrankheit verfallen! Ohne sich je einzugestehen, dass Sie krank ist!

Meine Schwester und ich hatten sehr unter den Auswirkungen dieser Krankheit leiden müssen, meine Schwester mehr als ich, da ich mich, auf den Rat eines Mitarbeiters der Diakonie vor vielen Jahren, von meiner Mutter, mehr oder minder, distanziert hatte.

Auch meine Mutter zählt zu der Sorte Zocker, die über Leichen gehen, um der Sucht nachgeben zu können.
Und trotzdem war ich selber in diese Krankheit abgerutscht!

Zum Glück kann ich mit reinem Gewissen sagen, dass ich tatsächlich noch Einer von den ganz harmlosen Fällen bin! Geld aus der Kasse meines Chefs zu nehmen um zu Zocken, dass wäre mir im Traum nicht eingefallen. Andere zu betrügen, auszurauben oder zu bedrohen, ist nicht mein Stil!

Ich bewahre mir ein Minimum an Anstand und Selbstachtung.

Von nun an Spiele ich wieder! Zum Spaß! So wie es mit Spielen sein soll. Kein Stress, kein Geld, nur Vergnügen. Zur Unterhaltung. Ich liebe es zu spielen! Egal welches Spiel, Monopoly, Halma, Schach, Backgammon, Kartenspiele, ganz egal, ich spiele für mein Leben gern und werde dieses auch weiterhin tun.

Ich kann also meinen Zockerkranken Mitmenschen nur sagen, bei mir war es dieses Schlüsselerlebnis, das mir die Freiheit wiedergegeben hat. Ich drücke allen die Daumen, dass es ihnen so bald wie möglich auch so ergeht wie mir und sie wieder frei sind.

Schlüsselerlebnisse waren in meinem Leben immer schon die wichtigen Auslöser, die auch die wichtigen Veränderungen in meinem Leben bestimmt haben.

Als ich, als dreizehnjähriges Mädchen, immer noch Bettnässerin war und mit meinen Eltern bei Bekannten zu Besuch war, passierte mir dieses Missgeschick hier auch! Es war mir dermaßen peinlich, dass ich nie wieder ins Bett machte. Schlüsselerlebnis!

Das nächste Schlüsselerlebnis hatte ich dann mit Anfang Zwanzig. Von klein auf hatte ich meine Fingernägel fürchterlich abgeknabbert. Versuche, mit verschiedenen Mitteln, um dieses Verhalten zu Ändern waren fehlgeschlagen. An diesem Tag stand ich an der Supermarktkasse. Meine Hand, mit den schrecklich abgekauten Nägeln, hatte ich, flach, auf das Transportband abgelegt und mich so entspannt abgestützt. Vor mir war eine junge Frau und ich konnte meinen Blick nicht von ihren, traumhaft schönen, lackierten Fingernägeln und wunderbar gepflegten Händen nehmen. Dann schaute ich auf meine hässliche Hand auf dem Transportband hinunter und vor Scham ballte ich eine Faust. Von dem Tag an war es vorbei mit Nägel kauen!

Schlüsselerlebnisse!!!!

Ich weiß, meine Freundin macht sich Sorgen, ob ich nicht doch Rückfällig werde. Noch dazu, da ich jeden Tag hier in der Spielothek bin und die Geräte um mich herum habe.
Nein, ich werde nicht „Rückfällig"!

Meine Fingernägel trage ich nun schon seit fast Vierzig Jahre an meinen Händen, habe sie auch Mal zwischen den Zähnen, weil eine Ecke eingerissen ist, oder eine harte Kante am Nagelrand ist, aber ich habe *nie* wieder Nägel abgeknabbert!

Vorbei ist vorbei!!!

Mein Chef würde sicherlich nicht Spielotheken betreiben, wenn er ein Verlustgeschäft damit machen würde. Er ist doch der Einzige, der hier wirklich Gewinnen kann.

Wir können nicht Gewinnen!

Außer es kommt per Zufall der Jackpot im Lotto! Aber nur wenn es gleich ein paar Millionen sind, dann ist es ein wirklicher Gewinn!

Ansonsten ist es ist eine Milchmädchenrechnung! Natürlich „gewinne" ich immer zwischendurch einmal. Mit Glück vielleicht auch einmal ein paar Tausend Euro. Aber was haben mich diese paar Tausende schon gekostet? Und genau dieses ist ja auch der

Stressfaktor schlecht hin bei Zockern, denn es ist jedem Zocker bewusst und somit kann auch bei keinem „Gewinn" Freude aufkommen.

Ein Bekannter von mir sagte gestern Nacht zu mir; „Ich spiele doch nur mit den Gewinnen!"

Aha!

Deswegen fährt er in einem alten, zerbeulten Auto Pizza aus! Ist mit seiner Miete im Rückstand und lebt von der Hand in den Mund.

Ja, das ist eine typische Zocker Aussage.

Nach Feierabend war ich auf dem Weg zu meiner Bushaltestelle an einer seiner Lieblingsspielotheken vorbei gekommen und dachte mir, schau doch einmal, ob er dort ist.

Natürlich war er dort. Er bemerkte mich erst überhaupt nicht, obwohl ich ganz dicht neben ihm stand. Vor diesen Automaten wird die Welt und alles, was nicht mit dem laufenden Bildschirm zu tun hat, einfach ausgeblendet.

Marionetten, abgestumpft, hypnotisiert, ohne irgendwelche Gedanken, außer, dass der nächste „Gewinn" kommen muss.

Die Gesichter von Zockern sind immer teilnahmslos, traurig, wütend oder erwartungsvoll. Je nachdem, wie ihr Gerät gerade läuft.

Aber immer weltfremd.

Ich setzte mich dann völlig entspannt neben ihn, in diesem Moment hat er mich dann erst wahrgenommen. Ich setzte mich vor einen Automaten und hatte nicht das kleinste Bedürfnis Geld aus meiner Tasche zu holen.

Es kann mich nicht mehr Locken. Vorbei ist vorbei! Mir ist auch aufgefallen, dass ich den Zockern hier bei uns in der Spielothek, ihre „Gewinne" nicht mehr „neide". Obgleich ich gar nicht neidisch bin oder war, aber es war schon ein Riesen großer Anteil, was ja auch nur als Neid betitelt werden kann, für mich als Zocker ausschlaggebend. Ich kenne keinen anderen Begriff für dieses Gefühl, dass einem selbst doch auch ein solches „Glück" zusteht. Also, Neid! Nein, nun nicht mehr. Ich gönne allen Zockern alle „Gewinne" die sie bekommen können. Schließlich zahlen sie ja auch mein Gehalt.

Über kurz oder lang, wird sich dieser Bekannte von mir auch zurückziehen, weil er ja Zocken will. Und ich, als nicht Zockerin, ihm höchstens auf die Nerven fallen werde. So ist es nun einmal mit Zockern.

Wenn ich meinen Weg nicht von allein daraus finde, bleibe ich hoffnungslos verloren.

Meinen Katzen werde ich nächsten Monat einen schönen neuen Kratzbaum kaufen, denn jetzt werde ich wieder Geld zur Verfügung haben. Man, das ist ein tolles Gefühl. Mein Dispositionskredit wird auch langsam Abgebaut, dann bleibt sogar irgendwann einmal wieder Geld über, das ich dann sparen kann.

Jetzt, nachdem das andere „Klick" eingesetzt hat und ich nicht mehr unter diesem Bann stehe, kann ich es schon wieder gar nicht mehr Begreifen, wie es bei mir überhaupt so weit kommen konnte. Es ist für mich heute schon wieder völlig unfassbar. Es ist aber schon beängstigend zu Wissen, wie schnell, ein Mensch, sich in Situationen wieder finden kann, die er sich nie im Leben hätte träumen lassen.

Das Leben kann sooooooo schön sein!

Dachte ich zumindest. Wäre ja auch zu einfach gewesen!

17.02.2014

4 Monate und 12 Tage, letzte Nacht habe ich 10€ verzockt! Nur so zum Spaß!

So sind einige Monate ins Land gezogen. Ein kleiner Lottogewinn hatte mich finanziell wieder in die schwarzen Zahlen katapultiert. Ich hatte meine Schulden beglichen, hatte mir einen neuen Fernseher, einen Roller und natürlich für die Katzen noch ein paar Kratzbäume gekauft, genoss ab und zu ein wenig Zocken, aber behielt die Kontrolle. (Dachte ich zumindest!) Ich hatte mein Einkommen und ein kleines, finanzielles, Polster, welches ich auch sehr bedacht behütet hatte.

Dann jedoch änderte sich meine kontrollierte Welt und die Sorgen meiner Freundin sollten sich als völlig berechtigt erweisen!

Meine Nichte kontaktierte mich, meine Schwester war schwer erkrankt. Eines führte zum anderen. Alles, was meine Familie betrifft, lief in meinem Leben nicht gut für mich.

Meine kontrollierte Welt brach zusammen, ich fuhr in die nächste Spielhalle und rutschte wieder total ab!

Vorbei war meine Freiheit! Vorbei war die Freude aus der Sucht gefunden zu haben! Alles brach wieder zusammen und ich war innerhalb von 3 Wochen wieder genau an dem Tiefpunkt meines Lebens angekommen, von dem ich angenommen hatte nie wieder abrutschen zu können.

Suchtkrank ist keine heilbare Krankheit! Einmal Suchtkrank, immer Suchtkrank!

Also, meine Freude über das Schlüsselerlebnis war zwar toll, aber leider nicht langfristig!

Schade! Oder treffender gesagt: tragisch!

Kapitel 8

Der „richtige" Weg aus dem Suchtverhalten

Aber, etwas in mir hatte sich verändert.

Ich hatte es nun einmal, alleine und ohne Hilfe geschafft mich von der Sucht zu distanzieren! Jetzt brauchte ich dringend die Nötige, und vor allem, die für mich richtige, Hilfe um es wieder zu schaffen! Meine Freundin fragte mich, ob ich denn meiner Hausärztin erzählt hätte dass ich Suchtkrank sei. Darauf hin hatte ich auch mit meiner Ärztin darüber gesprochen und sie gebeten, ob sie mich da nicht an eine gute Stelle verweisen könne.

Nein, es war nicht einfach mit meiner Ärztin darüber zu sprechen! Es hat sehr viel Mut und Tränen gekostet mich Ihr zu offenbaren.

Mit Hilfe meiner Hausärztin konnte ich, ohne Strafen vom Arbeitsamt, meinen Job in der Spielothek kündigen und sie schrieb mich krank, sodass ich mich auch in der kommenden Zeit voll und ganz auf diese Suchttherapie einlassen konnte.

Meine Ärztin rief mich am nächsten Tag an und sagte mir ich sollte mich an das Ameos Klinikum wenden, dieses sei auf Suchtkrankheiten spezialisiert.

Ich schaute im Internet nach und fand eine E-Mail Adresse, welche ich auch gleich nutzte um mich dort für einen Termin zu einem Gespräch anzumelden. Eine Antwort Mail kam so schnell von dem leitendem Arzt dort, dass ich sehr kurzfristig einen Termin bekam.

Schon bei meinem ersten Gespräch dort wusste ich dass ich endlich an der, für mich, richtigen Stelle angekommen war und mir hier die Hilfe angeboten wurde, nach der ich schon seit Jahren gesucht hatte.

Ich bekam eine Aufnahme für die Tagesklinik der Suchtambulanz dort und bin nun seit dem 05.Februar 2015 in ständiger Anbindung zu diesem Klinikum.

Zu Anfang der Tagesklinik war ich noch etwas skeptisch, ob ich hier, mit fremden Menschen in Gruppengesprächen überhaupt klar kommen könnte. Ich bin Einzelgänger! Vereine und große Mengen von Menschen ist so überhaupt nicht mein Revier. Ich bin kein Herdentier und stehe lieber am Rand und beobachte die Anderen.

Aber ich habe mich darauf eingelassen. Schließlich wollte ich die Hilfe, also musste ich mich auch, den für mich unangenehmen Seiten, der Therapie stellen.

Was heißt „Tagesklinik"? Und was ist der Sinn und Zweck dieser Tagesklinik?

Tagesklinik bedeutet einfach, dass ich von morgens bis nachmittags, in den Therapieräumen der Klinik, an den dort stattfindenden Gruppenaktionen teilnehme.

Sinn und Zweck der Tagesklinik ist es, einen geregelten Tagesablauf wieder herzustellen. Sich mit anderen Suchtkranken Menschen über die Sucht auszutauschen und zu lernen worauf ich als suchtkranker Mensch achten muss.

Es ist schon erstaunlich, wie schnell es mir letztendlich leicht viel, mich mit den anderen Patienten der Suchtambulanz über meine und natürlich auch deren Leben zu unterhalten und zu lernen.

In der Suchtambulanz wird aufgezeigt, dass bei einer Suchtkrankheit chemische Prozesse im Gehirn geschaltet werden. Dass die Krankheit über ein Belohnungssystem funktioniert und natürlich auch die Depressionen einen sehr großen Anteil am Suchtverhalten tragen.

Mir wurde gezeigt, wie die unterschiedlichen Suchtphasen aussehen, welche letztendlich zum Kontrollverlust führen. Die Suchtrisiken und wie ich diese frühzeitig erkennen kann.

Gebrauch = Am Anfang meiner Sucht gebrauche ich den Automaten als kurzweiliges Mittel, als Zeitvertreib.

Missbrauch = Ich setze mich vor den Automaten, um die Probleme, Sorgen und die Welt vergessen zu können.

Gewöhnung = Jetzt habe ich mich schon daran gewöhnt, das ich hier vor dem Automaten nicht mehr Denken muss.

Abhängigkeit = Obwohl ich gar nicht mehr mein ganzen Geld verlieren will, und auch gar nicht mehr an die Automaten gehen will, kann ich nicht mehr ohne die Automaten leben. Ich habe längst die Kontrolle darüber verloren, ob ich mich vor den Automaten setze oder nicht!

Im Gehirn hat sich ein „Suchtgedächtnis" entwickelt, welches mir immer wieder „einbläut", dass ich an den Automaten Zocken muss.

Im Bewusstsein wehre ich mich gegen die Behauptung, dass ich vor dem Automaten, ein Glücksgefühl empfunden habe und somit das Belohnungssystem im Gehirn befriedigt wurde.

Aber so soll es wohl gewesen sein.

Nein! Ich hatte nicht wirklich ein „Glücksgefühl" vor den Automaten. Nicht Bewusst! Ich hatte eher das Gefühl, dass ich mich bestrafen musste. So als würde ich mir körperliche Schmerzen zufügen. Bei mir ging es von Anfang an nur darum nicht Denken zu müssen. Die Welt und alles um mich herum vergessen zu können.
Ich fühlte mich wie in einer Kapsel. Unantastbar für den Rest der Welt!

Vor dem Automaten war ich in einer unsichtbaren Schutzhülle, in der mir nichts und niemand wehtun konnten. Es war meine einsame Insel. Und ohne diese Insel und der Schutzhülle konnte ich nicht mehr leben.

Also hat mein Suchtgedächtnis es für mich so verpackt, dass ich aus diesem Gefühl, der scheinbaren Sicherheit und Unantastbarkeit, meine Belohnung zog. Ja, das kann ich als „Belohnung und Glücksgefühl" akzeptieren.

Ich habe Strategien und Notfallpläne erlernt, die mir in der Not behilflich sind!

Strategien, aufkeimenden Suchtdruck zu Erkennen und dagegen anzukämpfen, und einen Notfallplan für die Krisenbewältigung!

Hier, in der Tagesklinik habe ich gelernt was „Suchdruck" und „Suchtverlagerung" ist, wie ich diesen Erkennen und dagegen wirken kann.

Was ist Suchtdruck?

Suchtdruck ist ein böses, bösen Wesen, welches sich ins Unterbewusstsein einschleicht und ganz langsam und heimlich, versucht wieder die Kontrolle über mich zu bekommen.

Es ist ein unbändiges Bedürfnis, Zocken zu gehen. Ich beschönige und verharmlose dieses Bedürfnis und erfinde sehr kreative Erklärungen für meinen Drang Zocken zu gehen. Dazu kann die fällige Miete genauso gehören, wie der nicht beantwortete Anruf bei der Freundin und für jede Lebenssituation lege ich mir, als Süchtige, Rechtfertigungen zurecht, durch die ich mir selber die Erlaubnis erteile, dem Zocken hemmungslos nach zu geben.

Und genau aus dem Grund, weil es sich heimlich und gemein ins Unterbewusstsein einschleicht, muss ich lernen wie ich diesen Suchtdruck erkenne und wie ich mich dagegen wehren kann. Und es wird, wenn der Suchtdruck erkannt wird, ein Kampf um die Kontrolle. Erlaube ich dem Suchtdruck mein Leben zu kontrollieren, oder nicht!

Wie erkenne ich dass ich Suchtdruck habe?

Bei Alkoholikern und Stoffgebundenen Süchten gehen mit dem Suchtdruck auch durchaus sehr gravierende körperliche Entzugserscheinungen von statten, welche wahrscheinlich recht schnell zu erkennen sind. Bei mir als Zocker habe ich kein Zittern oder Schweißausbrüche erkennen können. Mein Suchtdruck hat sich in steigernder Nervosität und Unruhe geäußert.

Nach ca. 3 Wochen Tagesklinik wurde ich dann wieder endlassen und weil ich mich hier von allen Menschen der Klinik sehr gut beraten und aufgehoben gefühlt hatte, hatte ich auch schon vor dem Ende der Tagesklinik meine Termine für die ambulante Weiterbehandlung zurecht gelegt. So hatte ich zu Anfang meiner ambulanten Therapie 5 Termine wöchentlich arrangiert. Von der wöchentlichen Suchtberatung, und der wöchentlichen Suchtgruppe, bis hin zur ambulanten Ergotherapie.

In den Ersten Gesprächen mit meinem Suchtberater, sagte mir dieser; „ Wenn Suchtdruck aufkeimt, kann man sich dagegen wehren, wie Sie ja schon gelernt haben. Es gibt viele verschiedene Varianten. Eine Möglichkeit ist das Gehirn von den Suchtgedanken abzulenken! Das kann auf verschiedene Weisen funktionieren. Investieren Sie 2€ und kaufen Sie sich eine kleine Flasche konzentrierten Zitronensaft. Nehmen Sie einen Eiswürfel

Gefrierbeutel und füllen Sie den Zitronensaft dort ein. Legen Sie diesen in Ihren Gefrierschrank und wenn Sie Suchtdruck bekommen, haben Sie 2 Möglichkeiten! Entweder gehen Sie zur Tür und geben dem Druck nach, oder Sie gehen an Ihren Gefrierschrank und nehmen sich ein Stück von dem gefrorenen Zitronensaft. In dem Moment, wenn Sie sich diesen Zitronensaft Würfel in den Mund stecken, lenkt dieser saure Geschmack, und die Kälte, das Gehirn von dem Suchtdruck ab. Jetzt haben Sie etwas Zeit gewonnen und können sich, hoffentlich, wieder unter bewusste Kontrolle bekommen! Das Gehirn reagiert nun erst einmal auf diese Reize und Sie bekommen wertvolle Zeit! Oder machen Sie sich etwas Leckeres zu Essen! Das sind so kleine Tipps mit denen das Gehirn kurzfristig überrumpelt werden kann!"

„Ah" sagte ich: „ Also eine Art Orale Befriedigung, ja?!"

Wir lachten. „ Ok, werde ich machen!" Also habe ich auf dem nach Hause Weg auch gleich eine Flasche Zitronensaft gekauft, und mir, in einem Beutel, Portionsweise den Saft in meinen Gefrierschrank gelegt.

Dann hatte ich einen Termin bei meiner Frauenärztin. Auf dem Weg zurück zur Bushaltestelle, kam ich an einer, meiner bevorzugten Spielotheken, vorbei. Gleich davor befindet sich auch eine Bank. Es waren Bruchteile von Sekunden, aber mein Gehirn zeigte mir, wie ich in die Bank gehe, Geld abhebe und in die Spielothek gehe.

Ich stockte, stand vor der Bank und dachte dann zurück an mein Gespräch mit meinem Suchtberater!

Orale Befriedigung!

Ich musste schmunzeln. Ah, dann gehe ich doch lieber zum Bäcker nebenan und gönne mir ein belegtes Brötchen und eine Tasse Kaffee!!!

Es hat funktioniert! Ich genoss die belegten Brötchen und freute mich, den Kampf mit meinem Gehirn, gewonnen zu haben!

Ja, so muss es sein!!!!!

Was ich später noch zu Spüren bekam, war, wie „harmlos" diese Episode war!

Ich lernte sehr, sehr viel während der Tagesklinik. Unter anderem auch was „Achtsamkeit" bedeutet. Einer, für mich persönlich, wichtigsten Aspekte meiner Abstinenz!

Was heißt Achtsamkeit?

Es bedeutet, dass ich immer wieder meinen momentanen Gefühlszustand überprüfe! Wie geht es mir gerade? Fühle ich mich gut? Oder nicht so gut? Warum fühle ich mich nicht gut? Was kann ich ändern, damit ich mich wieder gut fühle?

Reflektieren, Analysieren, Agieren!!!!

In der Tageklinik habe ich gelernt, welche Strategien ich brauche um Abstinent zu bleiben und wie Notfallpläne aussehen.

Nach dem ich nun schon einige Monate Abstinent war und mich auch ziemlich sicher fühlte, die Kontrolle über die Krankheit zu haben, wurde mir einen Abend zu Hause bewusst, dass ich sehr unruhig durch meine Wohnung tigerte.

Zu Anfang war es mir nicht wirklich aufgefallen. Ich war halt einfach unruhig. Ich konnte mich nicht auf den Film im Fernseher konzentrieren und zappte durch die Programme. Genervt ging ich dann in meine Küche und schaute aus dem Fenster.

Gegenüber, in den großen Glasflächen des Gebäudes dort, spiegelte sich die Leuchtreklame von der Spielothek in meiner Nähe. Wie ein Schlag mit einem Baseballschläger wurde mir Bewusst, dass mein Unterbewusstsein versuchte mich zum Zocken zu verleiten.

Wow! Panik! Nein, oh Gott, das will ich nicht! Was mache ich jetzt? Die Tränen liefen mir in strömen über mein Gesicht. Die Panik war überwältigend. Nein, ich will das nicht! Ich brauche Hilfe! Hilfe, Hilfe!!!! Ich brauche Hilfe!!!

Was hast du gelernt?

Notfall Plan!!! Notfall Plan!!!!

Bei der Freundin anrufen!!! Nein, zu spät am Abend!!! Klinik! Nein, da ist auch niemand mehr! Hilfe! Telefonische Seelsorge anrufen!!! Ist eine Option! Aber jetzt einem wildfremden Menschen, am Telefon, die Ohren voll heulen und eine endloslange Geschichte erzählen??? Nein!!! Das mag ich auch nicht. So vergingen einige Minuten in denen ich schon aktiv gegen das Suchtgedächtnis und den Suchtdruck angekämpft hatte. Ich entschied mich einen Schreibblock in die Hand zu nehmen und zu reflektieren und zu analysieren, was jetzt hier passiert war. Also setzte ich mich auf das Sofa und fing an zu Schreiben. Ich schrieb auf den Block, dass ich Suchtdruck hatte und ich Wissen will, wo dieser jetzt hergekommen war.
Was war hier los? Wie fühle ich mich jetzt gerade? Warum fühle ich mich jetzt gerade so??? Schnell hatte ich eine ganze Seite auf dem Block voll geschrieben, und langsam fühlte ich mich wieder ruhiger und besser!

Die Panik lies nach und ich konnte mich wieder beruhigen. Der Suchtdruck schlich wieder zurück in seine böse, dunkle Ecke im Unterwustsein und hat mich nicht länger gequält.

Mein Erster echter, realer,
Panikerfüllter, Suchtdruck!

Bei meinem nächsten Gespräch mit meinem Suchtberater erzählte ich Ihm davon und als er mir vorschlug ein paar Wochen noch einmal die Tagesklinik zu nutzen, als Krisenbewältigungsmaßnahme, stimmte ich auch sofort zu. Also durfte ich nochmals fast 3 Wochen an der Tagesklinik teilnehmen.

Danke, an alle!!!!!

Was bedeutet Suchtverlagerung?

Da mein Gehirn nun gewisse Synapsen, in Bezug auf die Sucht, gebildet hat, verlangt es nun einfach nach einem „Ausgleich"! Mein Gehirn will das Belohnungssystem nicht ganz aufgeben und sucht sich andere „Mittel", die eventuell diese Synapsen befriedigen können!

Bei mir war es zu Anfang meiner Therapie eine Suchtverlagerung auf ganz banalen Käsekuchen! Wenn ich abends, nach der

Tagesklinik zu Hause war, gönnte ich mir, als „ Belohnung", ein Stück Käsekuchen. Nach einigen Tagen waren es dann auch schon 3 Stücke Käsekuchen. Als mir dieses Verhalten auffiel, stellte ich es wieder, ganz bewusst, ab.

Aber so funktioniert Suchtverlagerung! Auch hier hatte ich es zu Anfang gar nicht Bewusst wahrgenommen, dass sich mein Verlangen nach Käsekuchen immer mehr steigerte. Hier konnte ich jedoch noch rechtzeitig gegen wirken, bevor ich einen Kontrollverlust erleiden musste.

Als Suchtkranker Mensch kann ich erlernen, was die Auslöser von Sucht sind, was im Körper, bzw. im Gehirn abläuft, wie, und wann ich bewusst eingreifen muss, um die Kontrolle ganz bewusst über mich zu behalten.

Für mich persönlich ist die Suchtgruppe, der Zocker, einer der wichtigsten Bestandteile meines Lebens geworden. Jede Woche kann ich mich mit anderen Menschen, die genau verstehen können, wie es ist Zockerkrank zu sein, austauschen. Es kommt, leider, auch immer wieder einmal zu Rückfällen.

Die Gefühle die dann in der Gruppe freigesetzt werden sind unglaublich. Ich gehe einfach einmal davon aus, dass meine Mitbetroffenen genau unter den gleichen Gefühlen leiden müssen wie ich selber. Wir hatten in der Einen Gruppe eine Dame, die sich noch ganz am Anfang ihrer Abstinenzphase befand. Sie hatte sich auch entschieden aktiv gegen die Krankheit vorzugehen. Die Gefühle, welche sie zeigte, waren genau die Gefühle, welche ich habe.

Sie hatte unglaubliche Angst, Sie wollte nicht mehr Zocken gehen, und es war herzzerreißend diese Gefühle mit ihr zu teilen. Ich spürte einen enormen Druck in meinem Brustkorb, als wollte er platzen. Die Angst nicht die Kontrolle behalten zu können.

Das Gefühl der Machtlosigkeit. Einfach nicht selber die Entscheidungen in seinem eigenem Leben treffen zu können. Ausgeliefert zu sein und sich nicht wehren zu können.

Der 1. des Monats war in ein paar Tagen fällig, Geld würde auf Ihr Konto eingehen, und die Dame hatte eine solche Angst, dass sie sich nicht kontrollieren kann und dem Suchtdruck nachgeben würde. Es treibt mir immer wieder die Tränen in die Augen, wenn ich diese Angst spüre. Am liebsten würde ich mich wie ein Kleinkind zusammen rollen und einfach nur Weinen, bis keine Tränen mehr fließen. Es bricht mir das Herz diese Dame so leiden zu sehen und ganz genau Ihre Gefühle zu durchleben. Gerne hätte ich Sie in den Arm genommen und Ihr versichert, dass Alles wieder gut wird! Das Sie stark genug ist, um dem Suchtdruck zu widerstehen. Einfach nur halten und liebkosen. Ihr zeigen, dass Sie nicht allein ist und andere Menschen für Sie da sind und Sie unterstützen.

In der nachfolgenden Woche kam Sie wieder zur Gruppe, Sie hatte es nicht geschafft! Sie hatte Geld vom Konto geholt und konnte dem Suchtdruck nicht widerstehen. Die Aufarbeitung eines Rückfalls ist sehr emotional. Alle sind zu triefst betroffen und ängstlich.

Für mich nutze ich diese emotionalen Zeiten als Unterstützung meinen tiefen Hass auf diesen Zwang zu untermauern.

Psychologen würden mein Verhalten bestimmt als: Vermeidungsstrategie betiteln! Ja, ich will es auf jeden Fall vermeiden, jemals wieder im Leben die Kontrolle über mein Handeln zu verlieren.

Da verwende ich doch liebend gern eine Vermeidungsstrategie. Ich muss mich sicherlich nicht vor einen Automaten setzten und diesem Beweisen, dass ich ihm widerstehen kann. Nein, muss ich ganz gewiss nicht! Also, für mich funktioniert meine „Vermeidungsstrategie" wunderbar.

Es ist mir wichtig, hin und wieder, diese Gefühle der Aversion, den blanken Hass, gegen die Krankheit zu schüren, damit ich bloß nie vergesse welches Leid ich in meiner Zockerzeit durch leben musste.

Haben Sie, jemals in Ihrem Leben, etwas machen müssen was sie nicht tun wollten? Wo sich Ihr ganzes Wesen gegen gesträubt hat? Etwas wozu Sie jemand oder Etwas einfach zu gezwungen hat? Obwohl Sie sich mit Händen und Füßen dagegen gewehrt haben und es trotzdem tun mussten? Wenn ja, dann können Sie es sich bestimmt vorstellen, wie es sich anfühlt, wenn man zu etwas gezwungen wird! Und nun versuchen Sie dieses Gefühl auf jeden Tag Ihres Lebens, über den Zeitraum des Kontrollverlustes, zu multiplizieren! So fühlt sich die Zockerkrankheit an! Genau so!

Nein, so etwas möchte kein Mensch freiwillig erleben!

Zurzeit nehme ich auch an einer gemischten Suchtgruppe teil, es ist sehr interessant auch andere Suchtkrankheiten, in seinen überaus bösen Facetten, kennen zu lernen. Für Alkoholiker muss es sehr viel schwieriger sein Abstinent zu bleiben. Sie haben keine Möglichkeit, dem Alkohol einfach aus dem Weg zu gehen, so wie ich. Alkohol gehört in unserer Gesellschaft einfach zum täglichen Leben dazu. Wie Atmen! Schrecklich! Grausam!

Mein Respekt gehört den trockenen Alkoholikern!

Ich ziehe meinen Hut vor so viel Selbstbeherrschung und Selbstkontrolle.

Ich habe gelernt niemals „Nie wieder" zu sagen, denn ich bin nun einmal Suchtkrank. Aber ich kann, heute, jeden Tag der Abstinenz für mich zelebrieren und mich an dem Leben, ohne Sucht, erfreuen. Auch wenn ich heute, nachdem ich seit 3 Jahren, aus diesem Teufelskreis befreit bin, nicht reflektieren kann, ob und wann ich ein wirkliches Gefühl von „Freiheit" oder Glück befreit zu sein, erlebt habe.

Vermutlich steht die Angst einfach dermaßen im Vordergrund, dass ich nicht einem Gefühl der „Freiheit" wirklich nachgeben kann. Nein, wirklich „Frei" und unbekümmert werde ich ja auch nie sein!! Das ist nun einmal die Krankheit. Wie Krebskranke ja auch in der ständigen Angst leben, dass es wieder zu einem Ausbruch kommt! Ich habe mich schon einmal in „Freiheit" gewähnt, und bin rückfällig geworden. Nein, so ist es gut! Ich lebe nicht in ständiger Angst vor einem Rückfall, aber ich habe die Kontrolle über mein Leben zurück erobert und gebe sie nicht leichtfertig wieder ab!

Wenn ich dazu die Angst brauche, ist es gut so!

Durch die fachkompetenten Mitarbeiter, den Ärzten und Psychologen, bin ich „spiel" frei!

Für mich war und ist das Ameos Klinikum, mit all den Mitarbeitern der Suchtambulanz,

mein

Rettungsanker!

Durch die Gespräche in der Spielsuchtgruppe der Suchtambulanz, die von einer Psychologin begleitet wird, bleibe ich in ständigem Bewusstsein meiner Krankheit und nehme diese Krankheit auch mit all seinen, für mich sehr bösen, Facetten war und sehr ernst.
Ich habe gelernt mit meiner Suchtkrankheit umzugehen und wie ich mich gegen aufkeimende Suchtgedanken zur Wehr setzen kann.
Wie ich überhaupt erst einmal die aufkeimenden Gedanken auch schon frühzeitig erkennen und somit bekämpfen kann.

Am 03.Februar 2016 habe ich meinen 1. Geburtstag der Spielfreiheit gefeiert, denn, der 03. Februar 2015 war der letzte Tag an dem ich einen Automaten gefüttert hatte.

Ich habe sehr viel über Suchtkrankheit gelernt, über Suchtverlagerung, über die Gefahren und wie man am Besten dagegen wirken kann. Für mich funktionieren die Hilfestellungen und ich werde mir auch diese Hilfe weiter angedeihen lassen, weil ich, die Hilfe zu bekommen, verdiene.

Geheilt bin ich nicht.
Ich bin, und bleibe, unheilbar krank.

Aber ich habe die Kontrolle über mein Leben zurück erobert, und es hat sich eine Angst aufgebaut je wieder in diesen Abgrund der Spielsucht zu fallen, dass ich hoffe nie wieder in meinem Leben diese Qualen über mich ergehen lassen zu müssen.

Aber, ich sage nie wieder:
Nie wieder!

Denn, ich bin krank und kann nichts garantieren,
nur an mir arbeiten!

Natürlich kommen zwischendurch auch Gedanken an Spielotheken in mir auf! Aber ich habe für mich eine Strategie gefunden, die mir hilft mich nicht von dem bösen, kleinen Teufel in meinem Gehirn überrumpeln zu lassen!
Meine Strategie ist:

Aversion! Oder, einfacher ausgedrückt, blanker Hass!

Ich hasse diese Suchtkrankheit, weil ich so sehr darunter Leiden musste!

Ich verabscheue es von tiefstem Herzen!

Jahrelang musste ich unter dieser Krankheit ganz fürchterliche Qualen durchleben!

Was sie aus mir gemacht hat!

Damit ist Schluss!
Ich lasse es nicht mehr zu!!! Ich erlaube es nicht mehr!!!

Für mich ist mein Geburtstag der 03.02.2015

Nun steuere ich schon auf meinen 3. Geburtstag zu, und freue mich schon jetzt darauf. Es ist einer der wichtigsten Tage in meinem Leben geworden, den ich auch gebührend Feier.

Ganz bewusst, dankbar und liebevoll.
Mein Dank an Alle die, die mein Leben wieder lebenswert und bereichert haben!

Mein größter Dank gilt meiner Hausärztin, die mich, über die vergangen Jahren, in allen Aspekten meiner Krankheit unterstützt hat, und mir den Rücken frei gehalten hat, sodass ich mich voll und ganz auf meine Therapie und Abstinenz konzentrieren konnte.

Danke, an alle die mich aufgefangen, gestützt, gehalten, und mir wieder zu einem besseren Leben verholfen haben!

Danke, danke, danke!!!!

Meine, nicht sehr künstlerisch begabte, Darstellung über den Verlauf meiner Suchterkrankung